햄의 농부 가일스

Originally published in the English language by HarperCollins Publishers Ltd. under the titles:

Farmer Giles of Ham

First published by George Allen & Unwin 1949

This Korean Edition was published by Book21 Publishing Group in 2025 by arrangement with HarperCollins Ltd. through KCC(Korean Copyright Center Inc.), Seoul.

햄의 농부 가일스

FARMER GILES OF HAM

**Aegidii Ahenobarbi Julii Agricole de Hammo
Domini de Domito
Aule Draconarie Comitis
Regni Minimi Regis et Basilei
mira facinora et mirabilis exortus**

또는 토속어로는

테임의 영주이자 워밍홀의 백작,
그리고 작은 왕국의 왕
농부 가일스의
발흥과 놀라운 모험

J.R.R. 톨킨 지음
크리스티나 스컬·웨인 G. 해먼드 엮음
폴린 베인스 그림
이미애 옮김

arte

일러두기

1. 이 책은 2014년에 출간된 『햄의 농부 가일스』를 우리말로 옮긴 것이다.
2. 외국 인명·지명·독음 등은 외래어표기법을 따르되, 레젠다리움 세계관과 관련된 용어의 경우 톨킨 번역 지침에 기반하여 역어를 결정했으며, 고유명사임을 나타내기 위해 의도적으로 띄어쓰기 없이 표기하였다.
3. 편명은 「」로, 책 제목은 『』로, 미술품명, 공연명, 매체명은 〈〉로 묶어 표기하였다. 또한 원문 체제에 맞춰 [ ]와 ( )를 구분하여 사용하였다.
4. Giles는 현대 영어에서 '자일스'로 발음하나, 작품의 배경을 고려해 중세 발음을 살려 '가일스'로 표기하였다.
5. 기출간 톨킨 문학선 도서를 인용한 경우 번역문을 일치하고 번역서 쪽수를 적었다. 그 밖의 도서는 원서 쪽수이다. 출간 연도는 모두 원서의 출간 연도이다. 『J.R.R. 톨킨의 편지들』(근간)의 경우 쪽수 표기를 편지 번호로 대체하였다.

To. C. H. Wilkinson

C.H. 윌킨슨에게

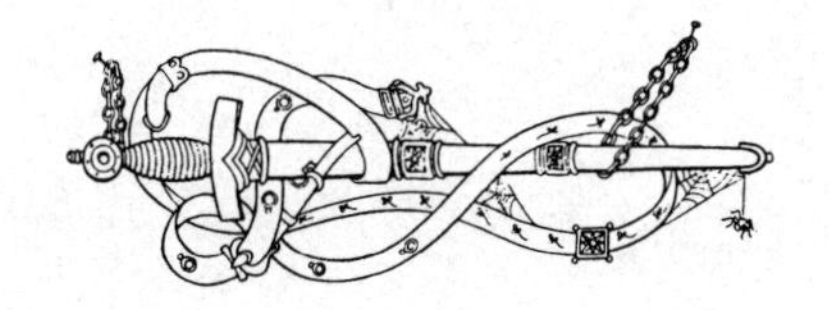

차례

서문

「햄의 농부 가일스」는 「로버랜덤」과 마찬가지로 J.R.R. 톨킨이 자녀들을 즐겁게 해 주려고 꾸며 내어 들려준 이야기로 글로 쓰이지는 않았다. 일단 종이에 옮겨 적기 시작한 후 이 이야기는 20여 년에 걸쳐 점점 길어지고 복잡해졌고, 그 본문은 자필 원고에서 시작하여 타자 원고 네 편과 교정쇄를 거쳐 마침내 1949년에 출판되었다. 그 원고는 대부분 위스콘신주 밀워키의 마켓대학교 도서관 특별 컬렉션 부서에 소장되어 있다.

톨킨의 장남 존은 가족 소풍을 나갔다가 폭풍우를 만나 다리 밑에서 비를 피하고 있었을 때 이 이야기를 처음 들었다고 회고했다. 이 사건이 있었던 때와 장소는 정확하게 특정할 수 없다. 하지만 옥스퍼드 주변 지역에서 영감을 받은 이 이야기를 들려준 것은 톨킨 가족이 1926년 초에 리즈에서 옥스퍼드로 이사한 후였음이 거의 확실하다. 최초로 기록된 수기 원고의 문체와 어조는 1930년경에 작성된 비교적 원숙한 작품 『호빗』의 현존하는 첫 번째 원고보다 1927년 말에 처음 기록되었을 『로버랜덤』에 더 가깝다.

『농부 가일스』의 초고로서 26페이지에 달하는 수기 원고는 1949년에 출간된 책보다 훨씬 짧고 단순하다. 그 이야기는 "아빠"가 들려주는 형식으로 되어 있고, 시작과 끝부분에서 아빠가 이야기를 중단하고 질문을 던진다. 또한 "만일 그[거인]가 **우리** 정원을 짓밟았다면," "그가 **우리** 집에 부딪혔더라면" 같은 표현을 통해 이야기를 아이들의 사적인 맥락에 넣어서 구술한다. 말장난이 약간 있기는 하지만, 1949년 본문에서 대단히 두드러진 언어학적 농담과 학술적 암시는 대부분 빠져 있다. 가령 라틴어로 된 언급과 왕이 가일스에게 보낸 두 통의 편지 본문, 대부분의 명칭도 나오지 않는다. 수기 원고에 나오는 명칭은 가일스, 햄, 꼬리물어뜯개, 워밍홀뿐이다. 용이나 가일스의 개, 왕도 이름이 없다. 가일스와 왕, 용의 성격은 이후에 나온 수정본에서처럼 깊이 발전되지는 않았어도 이미 완전히 형성되어 있다. 개와 대장장이는 아직 발전되지 않은 상태이고, 방앗간 주인은 거의 언급되지 않는다. 또한 가일스에게 아내가 있다는 언급도 없다. 용의 보물을 갖고 돌아가는 여행길에 대해서도 관심을 거의 쏟지 않는다. 가일스는 용을 밤에 어떻게 잡을 것인지를 걱정하지 않고, "유망한 젊은이들"도 없다. 이야기는 중세 시대의 것인 듯하지만 역사적 배경은 제시되지 않는다. 사건의 현장도 모호하고—"그 거인은 여기서 먼 곳에 살았단다. 사람들이 사는 곳에서는 멀리 떨어져 있었지."—마침내 끝에 이르러 가일스는 워밍이라는 말을 자기 성으로 삼았고 햄에 멋진 궁전을 지었으며 그에 따라서 그 마을은 워밍홀이라 불렸고, 그곳을 지금도 지도에서 (옥스퍼드에서 몇 킬로미터 떨어진 곳에서) 찾을 수 있다고 "아빠"가 설명한다. 그 이야기의 진짜 영웅은 잿빛 암말이라는 "아빠"의 주장으로 이야기는 끝난다.

두 번째 원고는 처음 타자로 친 것인데 사소하지만 주목할 만한 몇 가지 점에서 초고와 다르다. 여기서 이야기를 들려주는 사람은 "가족의 어릿광대"(톨킨 자녀들의 기억으로는 톨킨이 그런 이름으로 불린 적이 없다)이다. 끝에 가서 그는 이야기를 듣는 아이들에게 이야기의 진짜 영웅이 누구라고 생각하느냐고 묻고 "아주 많은 다양한 답이 있단다"라고 말한다. 이 원고에서 『농부 가일스』의 사건은 명백히 과거에 일어난 것이고—"그 거인은 아주 오래전에 살았단다." "그 시절에 그런 곳에는 그런 총밖에 없었지. 사람들은 활과 화살을 더 좋아했고, 화약은 대체로 폭죽에 사용되었단다."—거리와 시간은 이제 보다 압축되어 있다. 가령 가일스의 마술 칼은 용이 예전처럼 160킬로미터가 아니라 3킬로미터 이내에 있으면 칼집에서 튀어나온다. 초고와 마찬가지로 첫 번째 타자 원고가 작성된 날짜를 정확히 추정할 수 없지만, 1930년대 초반이나 중반에는 이미 마련되어 있었다. 톨킨에게 논문 지도를 받은 벨기에의 학자 시몬 다르덴은 첫 번째 타자 원고를 프랑스어로 옮겼는데, 그녀가 1932~1933년에 옥스퍼드에서 톨킨의 가족과 함께 지낼 때 번역했을 가능성이 가장 크다. 어떻든 톨킨이 어느 편지에서 그 번역본을 언급한 1937년 11월보다는 이르다.

1936년 후반에 조지 앨런 앤드 언윈 사는 『호빗』을 출간하기로 결정했고, 그것에 힘입어 톨킨에게 기존에 써 놓은 다른 동화를 보내달라고 요청했다. 톨킨은 이에 응하여 그림책 「블리스 씨」, 강아지 「로버랜덤」 이야기, 그리고

「햄의 농부 가일스」를 보냈다. 출판사의 대표였던 스탠리 언윈은 열한 살 먹은 자기 아들에게 의견을 달라고 했다. 1937년 1월 7일 자로 되어 있는 『햄의 농부 가일스』에 대한 레이너 언윈의 보고서는 열광적이었다.

어느 날 거인이 산에서 길을 잃고 헤매다가 햄 마을로 내려왔어요. 농부 가일스가 거인을 보고는 그에게 나팔총을 발사했어요. 거인은 자기를 찌른 것이 깍다귀[각다귀]인 줄 알고 길을 잘못 들었다고 생각하고는 돌아서서 가버렸어요. 왕이 이 이야기를 듣고는 그에게 칼을 한 자루 주었어요. 그로부터 얼마 후에 이웃에 용 한 마리가 나타났는데 농부 가일스는 용과 싸워야 했어요. 그 용은 그 칼을 몹시 무서워해서 굴복했고 농부에게 많은 돈을 주기로 했어요. 그 돈이 오지 않자 몇몇 기사와 가일스가 그를 죽이러 갔어요. 용은 기사들을 죽였지만 농부 가일스의 칼을 보자 그에게 돈을 주었고 농부의 집에 와서 애완동물이 되었어요. 왕이 돈을 요구하러 왔는데 올 때보다 더 빨리 줄행랑쳤어요!

재미있고 잘 쓴 책이에요. 좋은 책이 될 거고, 「로버랜덤」과 함께 한 권으로 출간되어야 해요.

삽화가 좀 필요한데, 어쩌면 작가가 직접 삽화를 그릴 까요? 이 책은 영국의 모든 소년소녀의 관심을 끌 거예요.

하지만 『호빗』이 1937년 9월에 출간되어 성공을 거두자 앨런 앤드 언윈 사는 톨킨의 다음 책으로 호빗들에 관한 속편을 출간해야 한다고 생각했다. 그것이 여의치 않으면 「햄의 농부 가일스」를 비슷한 이야기들과 함께 출간할 생각이었다. 스탠리 언윈이 그 이야기 하나로는 책을 내기에 충분하지 않다고 느꼈기 때문이었다. 1937년 12월에 톨킨은 속편을 쓰기로 결정하고 『반지의 제왕』 집필을 시작했다. 그러나 1938년 7월 말쯤 되자 출판사에서 기대했던 대로 크리스마스 시즌에 맞춰 "새로운 호빗"을 끝낼 수 없으리라는 것이 분명해졌다. 7월 24일에 톨킨은 앨런 앤드 언윈 출판사에 편지를 보내 대안을 제시했다.

내가 가진 작품은 「농부 가일스」와 (테임에 수도가 있는) 작은 왕국 이야기뿐입니다. 저는 지난 1월에 그 작품을 절반 정도 더 확대해서 다시 썼고, 요정이야기에 '관한'

> 논문 대신 그것을 러브레이스 학회에서 낭독했습니다. 그 결과는 무척 놀라웠지요. 엄밀한 의미의 '논문'을 읽을 때보다 거의 두 배의 시간이 걸렸는데 청중들은 분명 지루해하지 않았거든요. 실은 대체로 포복절도했지요. 그러나 이런 사실은 그 이야기가 성인들에게 더 적합한 풍자적 성격을 띠고 있다는 것을 의미하겠지요. 어떻든 그 이야기와 동행할 왕국의 다른 이야기 두세 편은 아직 쓰지 못했습니다! [『J.R.R. 톨킨의 편지들』, 31번 편지]

러브레이스 학회는 옥스퍼드대학교 우스터대학의 에세이 클럽이었다. 톨킨은 1938년 2월 14일에 학회 구성원들에게 발표하도록 초대되었다. 그는 '논문'을 준비하기 위해서 『농부 가일스』의 첫 번째 타자 원고에 몇 가지를 수정했는데, 새 타자 원고를 만드는 과정에서 대대적으로 이야기를 수정하고 확대했다. 이 원고는 지금 존재하지 않는다(하지만 1949년 초까지 편지에서 언급되었다). 러브레이스 학회의 간사에 따르면 톨킨은 그 이야기를 "워밍 홀의 전설"이라고 불렀다. 우스터대학에 보관된 그 학회의 의사록에 톨킨의 발표에 대한 간단한 메모가 적혀 있는데, 청중이 즐거워했다는 그의 주장을 확인해 준다. 그의 낭독이 끝났을 때 그의 이야기에 대해 비평하거나 논의할 필요가 없다고 결정된 것은 아마도 그 작가에 대한 찬사를 함축하겠지만 또한 밤늦은 시간 때문이기도 했다.

톨킨은 수정된 이야기를 옥스퍼드의 대학 복제 사무실에 맡겨 전문적으로 타자 원고를 만들게 했다. 이 타자 원고는 현존하는 이전 원고보다 훨씬 길고 복잡하다. 처음에는 '테임의 군주, 도미누스 드 도미토: 워밍홀의 전설'이라는 제목이 붙어 있었지만, 이 제목은 지워졌고 톨킨은 이전 원고에서와 같이 '햄의 농부 가일스'로 돌아갔다. 그는 수정된 원고에 대부분의 고유명사와 농담, 그리고 책에 생동감을 부여하는 암시들, 가령 "옥슨포드의 현명한 학자 네 분"과 **나팔총**에 대한 그들의 정의를 도입했다. 등장인물들은 이제 보다 충실하게 발전되었고, 여기에는 (이제 감이라 불리는) 개, 용 크리소필락스 다이브스, 방앗간 주인, 대장장이(파브리키우스 쿤크타토르 또는 '명랑한 샘')가 포함된다. 가일스의 아내 아가타는 처음 등장한다. 이야기의 배경은 "아주 오래전 이 섬이 아직 여러 왕국들로 평화롭게 나뉘어 있었던 시절"로 설정되었다. 햄은 현재 테임이라는 현대적 마을의 전신이고, **워밍홀**은 가일스가 크리소필락스와 처음 마주친 장소에 세운 집의 이름 **아울라 드라코나리아**의 토속어 형태이다. "아빠"와 "가족의 어릿광대"는 다행히도 사라졌지만 작가가 여전히 이따금 끼어들어서 독자에게 직접 말한다("만일 그의 이름이 적합하지 않다고 당신들이 생각한다면, 나는 그렇지 않다고 말할 수 있을 뿐이다").

1938년 8월 31일에 톨킨은 새 타자 원고를 검토하도록 앨런 앤드 언윈 사에 보내면서 "꽤 많은 사람들이 그 작품을 매우 재미있게"(『편지들』, 33번 편지) 보았다고 말했다. 몇 달이 지나도 답변을 받지 못하자 새해 들어 그는 다시 문의했고 2월 10일에 특히 신랄하게 말했다. "「농부 가일스」의 확장된 원고는 출간 승인을 받았습니까? […] 그것이 조금이라도 가치가 있을까요? […] 주위 시골에서 일어나는 이 토속적인 가족 놀이가 마냥 유치하지만은 않은지 궁금할 따름입니다."(『편지들』, 36번 편지) 그는 집필이 더디게 진행되는 『반지의 제왕』에 대한 임시 대체물로 이 책의 출간을 1939년 말까지 앨런 앤드 언윈 사에 계속 촉구했다. 그 후 발발한 제2차 세계대전 중에는 이 책에 대한 논의가 거의 없었고 결론도 나지 않았다. 마침내 1946년 7월에 톨킨은 이 문제를 다시 제기했다.

이때 「농부 가일스」를 읽은 출판사의 원고 검토인 데이비드 언윈(작가 '데이비드 세번')은 이 책이 "매우 재미있고" "진정한 기쁨"을 준다고 평가했다. 단 한 가지 문제는 작품의 길이였다. 러브레이스 학회에서 발표하기 위해 작품을 확대했음에도 불구하고 짧았기 때문에, 6실링의 책값에 온당한 길이의 책을 만드는 데 톨킨의 어느 작품을 첨부할 것인가라는 문제가 남았다. 톨킨은 출판사에서 적합하다고 생각할 이야기를 아직 완성하지 못했고, 비슷한 계열의 다른 작품을 쓰고 싶었더라도 대학에서의 업무 때문에 여유가 나지 않았다. 그는 1945년에 옥스퍼드 주위의 시골 지역을 가리키며 "마음이 그 작은 왕국을 떠났습니다. 숲과 평원은 작은 비행장이자 폭격 연습의 표적이 되었습니다." 라고 쓴 적이 있었다(『편지들』, 98번 편지).

결국 앨런 앤드 언윈 사는 「농부 가일스」를 속편이나 다른 이야기 없이 단독으로 출간하되 삽화를 넣어 분량을 충분히 늘리기로 결정했다. 그래서 톨킨은 최근의 타자 원고를 검토했고 "문체와 이야기 모두에서 (제가 생각하기에 그리고 바라건대) 더 나아지도록 꽤 많은 부분을 수정"했다

(1947년 7월 5일, 『편지들』, 108번 편지). 어떤 수정은 상당히 중요했기에 그는 원래 타자 원고 일곱 장의 뒷면에 다시 타자를 쳐서 넣었다. 아직 남아 있던 화자의 거슬리는 발언은 일부 삭제했고, 느릅나무를 큰 풀처럼 옆으로 밀쳐 내고 "가장 좋은 구리 냄비"를 화롯불 위에 올려둔 거인의 묘사라든가 꼬리물어뜯개와 칼집에 새겨진 글자들에 대한 목사의 언급, 가일스가 용을 사냥할 때 밧줄을 가져가야 한다는 제안처럼 흥미로운 부분들이 덧붙여졌다. 가운데 왕국은 이제 그 이름으로 불렸고 그 궁전은 햄에서 100킬로미터쯤 떨어진 곳에 위치했으며, 가일스의 불행한 암소는 이제 갈라테아라는 이름을 갖게 되었다.

이때쯤 톨킨은 여러 번의 원고를 거치며 발전시킨 '서문'을 덧붙였다. 첫 번째 서문은 1946년 10월에 나온 옥스퍼드대학교 공고문의 뒷면에 작성되었고, 초기 타자 원고들과 함께 옥스퍼드 보들리언 도서관에 보관되어 있다. 나중에 작성한 원고들은 마켓대학교의 기록 보관소에 소장되어 있다. 「햄의 농부 가일스」가 중세의 영웅 모험담을 풍자적으로 모방한 글이듯이 이 서문 또한 일반적인 서문을 풍자적으로 모방한 글이고, 실로 **기발한 유희**에 더해진 또 하나의 유희이다. 톨킨은 옛 문서의 편집자이자 번역자인 척하면서—훗날 『반지의 제왕』 초판(1954)과 『톰 봄바딜의 모험』(1962)에서도 이런 입장을 취한다—이 작품을 작은 왕국의 역사적 "기록이라기보다는 전설"에 더 가까운 진실한 이야기라고 제시한다.

『햄의 농부 가일스』에 대해 글을 쓴 많은 평자들은 이 서문을 톨킨이 영국 아카데미에서 강연한 『베오울프: 괴물과 비평가』(1936년, 톨킨, 『괴물과 비평가 그리고 다른 에세이들』, 1983년에 재수록)를 풍자적으로 확대한 것이라고 해석했다. 그 획기적인 에세이에서 톨킨은 『베오울프』를 그 문학적 가치 때문에 관심을 기울일 만한 시가 아니라 오로지 역사적 문서로 접근한 비평가들을 비판했다. "『베오울프』를 대단히 매력적인 보고寶庫로 보이게 만든 역사적 진실과 역사적 시각이라는 환상은 대체로 예술의 산물이다. 그 작가는 본능적으로 역사적 의식을 사용했다. […] 하지만 역사적 목적이 아니라 시적 목적을 가지고 그것을 사용했다"라고 톨킨은 썼다. 『농부 가일스』는 물론 순전히 예술적인 산물이다. 그러나 서문에 묘사된 편집자는, 『베오울프』의 일부 비평가들과 비슷하게, 하나의 이야기로서 그것에 관심을 느끼는 것이 아니라 그 텍스트가 언뜻 내비치는 브리튼 섬의 역사와 일부 지명들의 기원에만 관심을 느낀다. 어떤 독자들은 "주인공의 성격과 모험이 그 자체로 매력적이라고 느낄 것이다"라고 인정하면서도 그 자신은 그렇지 않다는 것을 묵살하는 어조로 암시한다. 더욱이 그는 몬머스의 제프리가 들려주었고 『가웨인 경과 녹색 기사』 같은 후세의 허구 작품에서 반복되었던, 때로 거짓인 브리튼의 역사를 역사적 사실로 받아들인다.

이러한 서문 해석은 톨킨의 의도를 나타낼 수도, 그렇지 않을 수도 있다. 어떻든 중요한 점은 이 서문이 풍자적이며, 본연의 이야기를 쓴 다음에 십수 년이 지나서 덧붙인 글이라는 사실을 기억하는 것이다. 달리 말하자면, 「햄의 농부 가일스」 자체는 동일한 관점에서 쓰이지 않았다. 서문에서 화자는 「농부 가일스」의 사건을 이야기 그 자체보다 더 좁은 시간대에 한정하여 3세기 말(코엘 왕의 시대)과 6세기 초(잉글랜드의 일곱 왕국의 발흥) 사이에 일어났다고 주장하지만, 독자들을 염두에 둔다면 이것은 요점을 벗어난 주장이다. 「햄의 농부 가일스」는 "아주 오래전 이 섬이 아직 여러 왕국들로 평화롭게 나뉘어 있었던 시절"(37쪽) 외에는 어느 특정한 역사적 시기에 속하지 않는다. 이 소설의 "중세적" 배경은 용과 기사들의 이야기에 적절한 배경일 뿐이고, 톨킨은 그런 배경에 시대착오적인 것들을 설정하여 우스꽝스러운 효과를 자아낸다. 그중에서 가일스가 용과 맺은 "불가침 조약"(147쪽)은 가장 눈에 띄게 현대적이다. 톨킨이 친구 나오미 미치슨에게 고백했듯이 『농부 가일스』는

> 유감스럽게도 아주 가벼운 마음으로, 원래는 [17세기에 만들어진] 나팔총이든 무엇이든 발견될 수 있는 '특정되지 않은 시간'에 대해 쓴 것이었습니다. 러브레이스 학회에서 낭독하고 출간하는 과정에 약간 격식을 차려 수정하는 바람에 그 나팔총이 유별나게 눈에 띄었지요. 아서 왕 전설을 다룬 중세 이야기들보다 더 나쁘지는 않지만 말입니다. 그런데 그것이 너무 깊이 박혀서 바꿀 수 없고, 어떤 사람들은 그 시대착오적임을 재미있게 여깁니다. 저 자신은 옥스퍼드 사전의 […] [나팔총을 묘사한] 인용을 포기할 수 없습니다. […] 그러나 브리튼섬의 고고학적 사실을 보면 화기 같은 것은 조금도 있을 수 없었

> 습니다. 또한 [농부 가일스의 시절에] 14세기의 갑옷도 없었지요. [1949년 12월 18일, 『편지들』, 122번 편지]

톨킨은 1947년 7월에 새로 수정된 타자 원고와 함께 서문의 초고를 앨런 앤드 언윈 사에 보냈다. 그 후에도 책의 출간은 일 년이 넘게 지연되었다. 톨킨은 『햄의 농부 가일스』의 삽화를 직접 그리지 않을 생각이었으므로 밀레인 코스먼에게 삽화를 맡기도록 제안했다. 그의 딸 프리실라가 그 젊은 화가에게 기회를 주는 것이 좋겠다고 생각했기 때문이었다. 그런데 코스먼은 필요한 그림 견본을 만드는 데 오래 지체했고, 결국 1948년 1월과 8월에 보낸 그림들은 톨킨뿐 아니라 앨런 앤드 언윈 사의 마음에도 들지 않았다. 코스먼을 해고한 후 (그녀는 이후 성공적인 경력을 이어갔다) 그 일을 대신 폴린 베인스에게 맡겼는데, 그녀의 작품집에서 중세를 모방한 만화가 톨킨의 눈길을 끌었던 것이다. 베인스는 즉시 이 작품의 분위기에 빠져들었고, 특유한 에너지와 솜씨로 컬러 삽화 두 장에다 요청된 것 이상의 선화를 그렸다. 그녀는 1949년 3월 초에 삽화를 대부분 완성했다. 톨킨은 앨런 앤드 언윈 사에 보낸 편지에서 베인스의 삽화에 대한 찬사를 보냈다. “첫 견본을 보았을 때 기대감마저 능가하는 즐거움을 맛보았다고 말하고 싶기 때문입니다. 이 그림들은 삽화 이상이고, 이차적 주제입니다. 그림들을 친구들에게 보여 주었더니 제 글이 그림에 대한 해설로 바뀌었다고 정중하게 말하더군요”(『편지들』, 120번 편지)라고 말했다. 1976년에 베인스는 『농부 가일스』의 재판에 들어갈 새 표지 그림을 그렸고, 그 일부가 현재 책의 표지에 사용되었다. 그녀는 1980년에 톨킨의 모음집 『시와 이야기』의 재판에 사용할 새로운 전면 삽화를 그렸다. 이 기념 판본을 위해 폴린 베인스는 작은 왕국의 지도를 제공했고, 그리하여 『햄의 농부 가일스』와 50년에 걸친 관계를 기념했다.

1948년 말에 톨킨은 인쇄업자가 사용할 새 타자 원고를 작성했는데 대체로 몇 가지 오식만 수정했고, 그 과정에 이전 타자 원고를 소급하여 수정했다. 그는 마지막 순간에 인쇄업자의 활판 교정쇄에서 두세 가지를 더 수정했는데 가장 주목할 것은 폴린 베인스가 그린 맨발의 멋진 거인 그림 두 장을 보고 거인의 구두에 대한 언급을 빼 버린 것이다.

『햄의 농부 가일스』는 마침내 1949년 10월 20일에 영국에서 출간되었고, 미국에서는 이듬해에 출간되었다(보스

턴: 호튼 미플린). 톨킨이 일찌감치 1938년 7월에 『농부 가일스』가 어른을 위한 책이 되었다고 경고했음에도 불구하고 앨런 앤드 언윈 사는 12년 전에 『호빗』에 대해서도 그랬듯이 이 책을 아동용 도서로 홍보했다. 톨킨은 1947년 7월에 러브레이스 학회를 위해 만든 확장판을 다시 언급하며 이렇게 말했다. "어떤 사람들이 이 책을 사든 간에 이 이야기는 아동을 위해 쓴 것이 아니라는 사실을 주목하실 겁니다. 그렇지만 다른 책들의 경우와 마찬가지로 그렇다고 해서 아이들이 이 책에서 재미를 전혀 느끼지 못하리라는 것은 아닙니다."(『편지들』, 108번 편지) 물론 이 이야기는 원래 아이들을 위해 만든 것이었고, 그 핵심에 있어서는 초고와 근본적으로 달라지지 않았다. 최종적으로 출간된 형태에서도 이 작품은 케네스 그레이엄의 「주저하는 용」과 E. 네스빗의 용 이야기 몇 편을 연상시킨다. 하지만 톨킨은 나중에 쓴, 보다 정교한 텍스트가 미묘한 의미를 잘 이해할 수 있을 더 나이 든 독자들에게 읽히거나 낭독되기를 바랐다. 사실 이 작품은 이미 그렇게 읽히고 있었고, 톨킨이 빌려준 타자 원고를 옥스퍼드 학생이자 장차 작가가 될 로저 랜슬린 그린 같은 벗들이 돌려 보았다.

『햄의 농부 가일스』는 『호빗』처럼 아동 문학의 고전이 되지는 못했지만 반세기 동안 모든 연령층의 독자에게 호소력이 있었다. 이 작품은 영리하고 재치 있게 풀어낸 생기발랄한 이야기이다. 또한 "가운데땅의 상황"과 전적으로 다른 톨킨의 극소수 작품 중 하나로서 흥미롭다—톨킨은 이 작품을 그가 창조한 신화로부터 "애써서"(『편지들』, 124번 편지) 떼어 놓았다. 그럼에도 불구하고 이 이야기와 톨킨의 더 유명한 작품들 사이에는 몇 가지 유사성이 있고, 가장 주목할 것은 가일스가 호빗 빌보와 마찬가지로 안락한 생활에서 마지못해 끌려 나와 뜻밖의 모험에 빠져드는, 영웅 같지 않은 영웅이라는 점이다.

이 책의 끝부분에 우리는 『농부 가일스』와 관련된 톨킨의 문학적·역사적 출처, 특이한 단어와 구절, 그리고 특히 흥미롭게 보이는 다른 사항들에 대한 (결코 완벽하지 않은) 주석을 첨가했다. 이 주석들은 본문 안에 첨자 기호 없이 페이지 숫자에 따라 정리되었으므로, 참고 자료의 방해를 받지 않고 이야기와 부수적인 자료 읽기를 선호한다면 그렇게 하는 것이 가능하다.

원래의 텍스트 다음에 수록된 『농부 가일스』의 첫 번째

(수기) 원고와 톨킨이 쓰다가 그만둔 속편은 여기에서 처음으로 발표되었다. 수기 원고를 옮겨 쓰면서 우리는 일관성을 유지하기 위해 몇 가지 구두점과 대문자만 수정했다. 속편은 보들리언 도서관에 보관된 네 페이지에 달하는 초고 문단들과 주석들인데, 알아보기 어려운 필체로 적혀 있고 여러 번 시작했다가 중단되었기 때문에 가독성을 위해 더 본격적으로 편집해야 했다.

앞서 말했듯이 『햄의 농부 가일스』의 첫 번째 원고는 출간된 책보다 짧고 덜 복잡하다. 하지만 「로버랜덤」과 마찬가지로 이 원고는 톨킨이 자녀들에게 들려준 형태로, 혹은 원래의 형태에 가장 근접하는 이야기를 보여 주는 예시로서 매우 흥미롭다. 또한 최종적인 텍스트와 비교할 수 있는 유용한 출발점을 제공하며, 이야기의 구상에서부터 출간될 때까지의 진전을 판단할 수 있게 해 준다.

『농부 가일스』의 미완성 속편도 마찬가지로 스토리텔링의 과정을 밝혀 주며, 물론 그곳에 내재한 줄거리와 인물 때문에 흥미롭다. 이 원고는 유감스럽게도 매우 짧고 시초 단계의 형태이기는 하지만 『농부 가일스』처럼 활기차고 유머와 암시가 풍부한 이야기일 조짐을 드러낸다. 처음에 톨킨은 새 이야기를 가일스가 죽고 그의 아들 조지가 작은 왕국의 왕위를 계승한 이후 시대로 설정하려고 생각했다. 그러나 몇 문장을 쓴 후에 마음을 바꿨는데 아마 조지 왕에 대해 흥미로운 이야기를 구상할 수 없었기 때문일 것이다. 하지만 즉시 새로운 접근을 시도해서 가일스가 아직 살아 있고 조지 왕자가 소박한 소년에서 훌륭한 군주로 변모하는 이야기를 구상했다. 그 이야기의 첫 부분은 다듬어지지 않았고 신속히 쓰면서 수정을 많이 했지만 일관성 있는 서사를 이루고 있다. 유감스럽게도 톨킨은 수기 원고를 두 장만 쓴 후에 문장 중간에서 중단했고, 나머지 이야기의 줄거리를 두 장에 써서 붙여 놓았다.

1938년 7월 24일에 앨런 앤드 언윈 사에 보낸 편지에서 톨킨은 출판사에서 『햄의 농부 가일스』와 함께 출간하기를 바랐던, 아직 쓰지 않은 "두세 편의 다른 이야기"(『편지들』, 31번 편지)를 언급했다. 1938년 8월 31일에는 "속편을 계획했다"(『편지들』, 33번 편지)라고 다시 편지를 보냈다. 이 두 편지 사이에 지금 메모가 남아 있는 속편에 관한 작업이 이루어졌을 것이다. 나중에 보낸 편지에서 톨킨은 이런 방식으로 쓰인 더 많은 이야기들뿐 아니라 완성되지 않았지만 계획한 속편 "조지 왕자(농부의 아들)와 뚱뚱한 소년 수오베타우릴리우스(토속어로 말하면 수에트)의 모험담과 오트무어 전투"(1939년 2월 10일, 『편지들』, 36번 편지)를 계속 언급한다. 일단 앨런 앤드 언윈 사에서 『농부 가일스』를 다른 이야기 없이 단독으로 출간하기로 결정한 후 그는 계획된 속편을 제쳐 두었지만 잊지는 않았다. 톨킨은 출간된 서문(35쪽)에서 그 이야기를 마치 실재하는 유물이자 옛날부터 내려온 미완성 유고인 듯이 능청스럽게 넌지시 언급한다. 사실 그 작품은 단편적 원고로 남고 말았는데, 작은 왕국의 원래 이야기에 영감을 불어넣었던 기분을 그가 다시 포착할 수 없었기 때문이었다.

이 책을 만드는 데 도움과 조언을 주신 존과 프리실라, 조안나, 특히 크리스토퍼 톨킨에게 감사드리고 싶다. 마켓대학교의 기록 보관 담당자 찰스 B. 엘스턴과 그의 직원들, 보들리언 도서관의 서양 수기 원고 부서의 콜린 해리스, 옥스퍼드 우스터대학의 사서 조안나 파커, 매사추세츠 윌리엄스타운 윌리엄스대학 도서관의 직원들, 하퍼콜린스의 데이비드 브라운과 크리스 스미스, 폴린 베인스, 찰스 퍼퀘이, 칼 호스테터, 레이너 언윈, 요한 반헤케에게 감사드린다. 또한 『햄의 농부 가일스』에 관해 도움이 되는 글을 써 주신 작가들, 특히 제인 챈스, 데이비드 도건, 브린 던사이어, 폴 H. 코허, 딜란 퓨, 존 D. 레이트리프, 작고한 타움 산토스키, 그리고 톰 시피에게 감사드린다.

크리스티나 스컬 & 웨인 G. 해먼드

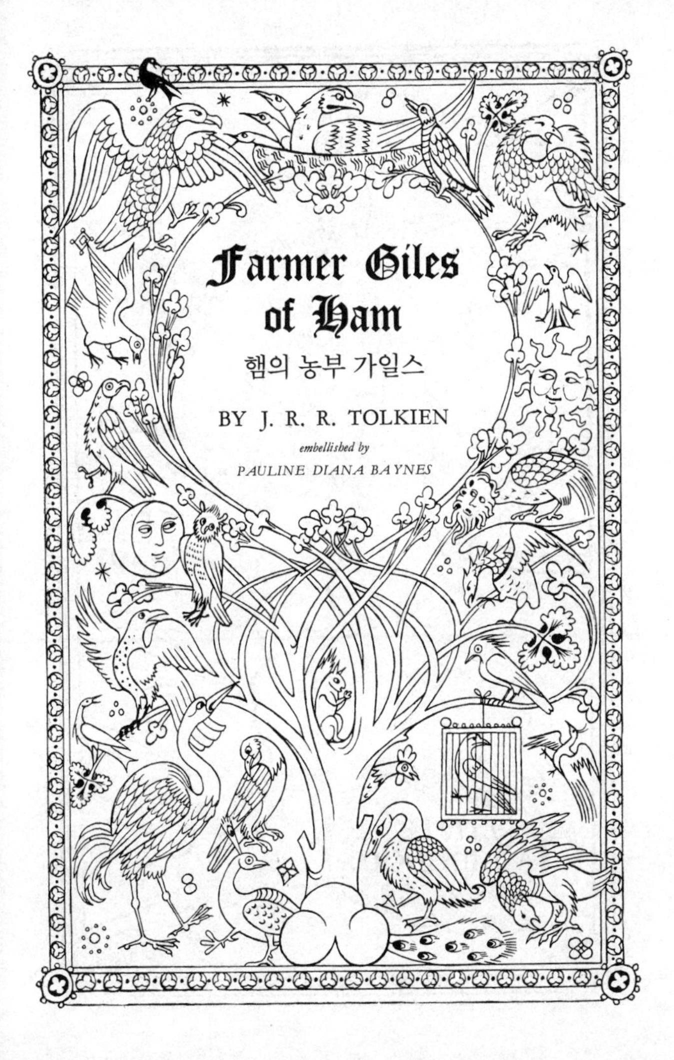
Farmer Giles
of Ham
햄의 농부 가일스
BY J. R. R. TOLKIEN
embellished by
PAULINE DIANA BAYNES

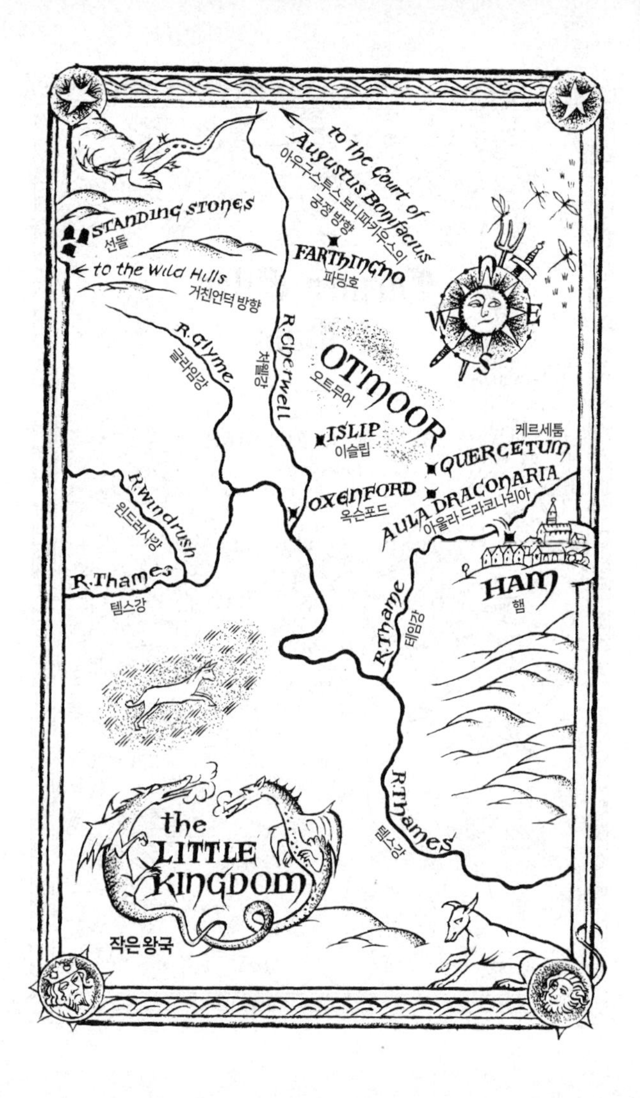
to the Court of Augustus Bonifacius
아우구스투스 보니파키우스의 궁정 방향
STANDING STONES
선돌
FARTHINGHO
파딩호
to the Wild Hills
거친언덕 방향
N
W
E
S
R.Glyme
글라임강
R.Cherwell
처웰강
OTMOOR
오트무어
ISLIP
이슬립
케르세툼
QUERCETUM
OXENFORD
옥슨포드
AULA DRACONARIA
아울라 드라코나리아
R.Windrush
윈드러시강
R.Thames
템스강
HAM
햄
R.Thame
테임강
R.Thames
템스강
the LITTLE KINGDOM
작은 왕국

머리말

'작은 왕국'의 역사에 대해 남아 있는 단편적인 글은 거의 없지만, 우연히도 그 기원에 대한 기록이 보존되었다. 기록이라기보다는 전설에 가까운데 분명 후세에 편집된 것으로서 놀라운 사건들을 많이 담고 있다. 그 저자는 사실 그대로의 연대기가 아니라 대중적인 노래들을 자주 언급하면서 그것들을 바탕으로 서술한다. 그가 기록한 사건들은 이미 머나먼 과거에 일어난 일이었지만 그럼에도 그는 '작은 왕국'의 영토에서 살았던 듯하다. 그가 알고 있다고 보여 주는 지리는 (이것은 그의 강점이 아니다) 오로지 그 나라에 관련되어 있고, 그 밖의 북쪽이나 서쪽 지역에 관해서는 완전히 무지하다.

이 신기한 이야기를 섬나라 특유의 라틴어에서 영국의

현대 언어로 옮겨 전달하려는 이유는 이것이 영국 역사의 암흑기 생활을 흘끗 엿볼 수 있게 해 줄뿐더러 어려운 지명들의 기원을 밝혀 주기 때문이다. 어떤 사람들은 주인공의 성격과 모험이 그 자체로 매력적이라고 느낄 수도 있겠다.

'작은 왕국'의 경계를 시간적으로나 공간적으로 확정하려는 시도는 불충분한 증거 때문에 쉽지 않다. 브루투스가 브리튼섬에 온 이래로 많은 왕과 왕국이 나타났다가 사라졌다. 로크린, 캠버, 앨버낙 치하의 분할은 여러 차례 변화된 분열의 첫 번째 사례일 뿐이었다. 아서 왕이 통치하던 시절의 역사가들이 알려 주듯이, 한편으로는 대단찮은 독립에 대한 열정 때문에, 다른 한편으로는 더 넓은 영토를 확보하려는 왕들의 탐욕 때문에, 그 이후의 세월은 신속히 뒤바뀐 전쟁과 평화, 웃음소리와 비탄으로 채워졌다. 불안정한 변경 지대에서 사람들은 갑자기 흥하거나 망하고, 음유시인들은 풍부한 소재와 열성적인 청중을 확보할 수 있던 시절이었다. 그 긴 세월의 어딘가에, 아마도 코엘 왕의 시절 이후이긴 하지만 아서 왕이나 잉글랜드의 일곱 왕국이 등장하기 이전의 어디쯤에 여기 구술한 사건들을 끼워 넣어야 한다. 그 배경은 템스강 골짜기이고, 북서쪽의 웨일스 산맥으로 떠난 원정이 포함되어 있다.

'작은 왕국'의 수도는 오늘날의 수도와 마찬가지로 남동쪽 구석에 있었음이 분명하지만 그 경계는 모호하다. 작은 왕국은 서쪽으로 멀리 템스강에 닿았던 것 같지 않고 또한 북쪽으로 오트무어 너머로 뻗어 나가지 않은 듯하다. 동쪽 경계도 모호하다. 가일스의 아들 게오르기우스와 그의 시종 수오베타우릴리우스(수에트)에 관한 단편적인 전설을 보면 한때는 '가운데 왕국'에 대항하기 위한 전초기지가 파딩호에 있었다는 사실을 알 수 있다. 그러나 그런 상황은 이 이야기와 관련이 없으므로 이제 더 이상 바꾸거나 논평을 덧붙이지 않고 이야기를 전하겠다. 원래의 거창한 제목을 '햄의 농부 가일스'로 적절히 줄이긴 했지만 말이다.

햄의 농부 가일스

아에기디우스 드 햄모는 브리튼섬의 한가운데에 살았던 사람입니다. 그의 이름을 전부 다 말하자면 아에기디우스 아헤노바르부스 율리우스 아그리콜라 드 햄모였지요. 아주 오래전 이 섬이 아직 여러 왕국들로 평화롭게 나뉘어 있었던 시절에는 사람들의 이름이 무척 길었으니까요. 당시에는 시간도 더 많았고 사람들은 훨씬 적었기에, 대부분의 사람들이 각별했지요. 하지만 이제 그런 시절은 지나갔으므로, 나는 앞으로 그의 이름을 짧게, 일반적으로 쓰는 형태

로 부를 겁니다. 그는 햄의 농부 가일스였고, 붉은 턱수염이 났습니다. 햄은 그저 마을이라는 뜻인데, 당시에는 마을마다 아직도 자부심이 대단하고 독립적이었지요.

농부 가일스에게는 개가 한 마리 있었습니다. 그 개의 이름은 감이었지요. 개들은 토착어로 된 짧은 이름에 만족해야 했습니다. 책에 나오는 라틴어는 개보다 높은 사람들 차지였으니까요. 감은 개들의 라틴어도 말할 줄 몰랐습니다. 하지만 (당시의 개들이 대체로 그렇듯이) 토착어를 쓸 줄 알아서 위협하거나 허풍을 떨거나 혹은 아양을 떨곤 했습니다. 거지나 침입자 들에게는 위협하고, 다른 개들에게는 허풍을 떨고, 주인에게는 아양을 떨었지요. 감은 가일스를 자랑스러워하면서도 무서워했습니다. 그 주인은 감보다 더 무섭게 위협하고 훨씬 더 허풍 떨 수 있었으니까요.

그 시절에는 서두르거나 부산을 떨 필요가 없었습니다.

하지만 부산을 떤다고 일을 잘하는 것도 아니지요. 사람들은 수선을 떨지 않으면서 일했습니다. 그들은 일도 많이 하고 이야기도 많이 했지요. 이야깃거리가 많았습니다. 기억할 만한 사건들이 아주 빈번하게 일어났으니까요. 그러나 이 이야기가 시작될 무렵에는 햄에서 기억할 만한 사건들이 일어나지 않은 지 실은 꽤 오래되었습니다. 농부 가일스에게는 더없이 안락한 상황이었지요. 그는 좀 굼뜬 데다 변화를 싫어했고 자기 일에만 몰두했으니까요. 그는 입에 겨우 풀칠하느라 몹시 바쁘다고 말했습니다. 실은 그의 아버지가 그랬듯이 편안하게 지내면서 살을 찌우느라 바빴지요. 개는 그를 돕느라 바빴습니다. 그들은 자기들의 밭과 마을, 가장 가까운 시장을 넘어선 '넓은 세상'에 대해서는 생각하지 않았지요.

하지만 거기에는 넓은 세상이 있었습니다. 그리 멀지 않은 곳에 숲이 있었고 멀리 서쪽과 북쪽으로는 '거친언덕'과 산악 지역의 수상쩍은 변경 지대가 있었지요. 아직 거기에는 무엇보다도 거인들이 살고 있었지요. 그들은 거칠고 교양이 없는 족속이라서 때로 말썽을 부리기도 했습니다. 그런데 다른 거인들보다 특히나 더 크고 더 어리석은 거인이 있었지요. 역사책에서 그 거인의 이름은 찾을 수 없지만, 그것은 중요하지 않습니다. 그는 몸집이 무척 거대했기에 그의 지팡이는 큰 나무 같았고 발걸음은 육중했습니다. 그 거인은 느릅나무를 마치 높이 자란 풀처럼 밀쳐서 넘어뜨렸습니다. 길을 망가뜨리고 뜰을 엉망으로 만들었지요. 그의 커다란 발이 닿기만 하면 우물처럼 깊은 구멍이 생겼으니까요. 우연히 비틀거리며 어떤 집에 들어서면 그 집은

끝장났습니다. 그 거인은 어디를 가든지 이런 피해를 입혔지요. 머리가 지붕들 너머로 솟구쳐서 자기 발이 하는 일을 볼 수 없었으니까요. 그는 근시인 데다가 귀도 약간 멀었지요. 다행히도 그 거인은 멀리 떨어진 '거친언덕'에 살고 있었고, 인간들이 사는 땅을 찾아오는 일이 거의 없었습니다. 적어도 일부러 오지는 않았지요. 높은 산속의 다 허물어져 가는 커다란 집에서 살았습니다. 그러나 친구가 거의 없었지요. 귀가 멀고 어리석은 데다 거인들이 드물었기 때문입니다. 그는 '거친언덕'과 산기슭의 텅 빈 곳에서 오로지 혼자 산책을 하곤 했습니다.

어느 맑은 여름날 이 거인은 산책을 나갔고, 아무 볼일도 없이 어슬렁거리며 돌아다녔습니다. 숲속에 엄청난 손상을 입히면서 말이지요. 갑자기 해가 지고 있다는 것을 알아차리고, 저녁 먹을 시간이 되었다고 느꼈습니다. 그런데 주위를 둘러보니 전혀 낯선 지역이었지요. 길을 잃은 것이었습니다. 방향을 제대로 잡아 가려 했지만 잘못 추측한 나머지 계속 걷다 보니 깜깜한 밤이 되었습니다. 그러자 그는 주저앉아서 달이 뜨기를 기다렸지요. 그러고는 달빛을 받으며 열심히 성큼성큼 걷고 또 걸었지요. 빨리 집에 돌아가고 싶었으니까요. 가장 좋은 구리 냄비를 화덕에 올려놓았는데 그 밑바닥이 타 버릴까 걱정이 되었거든요. 하지만 산을 등지고 계속 걷다 보니 이미 인간들이 사는 땅에 들어섰습니다. 실은 아에기디우스 아헤노바르부스 율리우스 아그리콜라의 농장과 (토착어로) 햄이라 불리는 마을에 다가가고 있었지요.

맑은 밤이었습니다. 들판에는 암소들이 여기저기 흩어져 있었고 농부 가일스의 개는 제멋대로 돌아다니며 산책을 끝낸 다음이었지요. 그 개는 달빛을 좋아했고 토끼를 좋아했지요. 물론 거인도 산책을 나왔다는 것을 알지 못했습니다. 그랬더라면 주인의 허락도 받지 않고 외출한 좋은 핑곗거리가 되었겠지요. 하지만 부엌에서 쥐 죽은 듯 꼼짝 않고 있기에 더 좋은 핑곗거리였을 겁니다. 두 시쯤 되었을 때 거인은 농부 가일스의 밭에 이르렀고, 울타리를 무너뜨리고 농작물을 짓밟고 건초용 풀을 뭉개 놓았

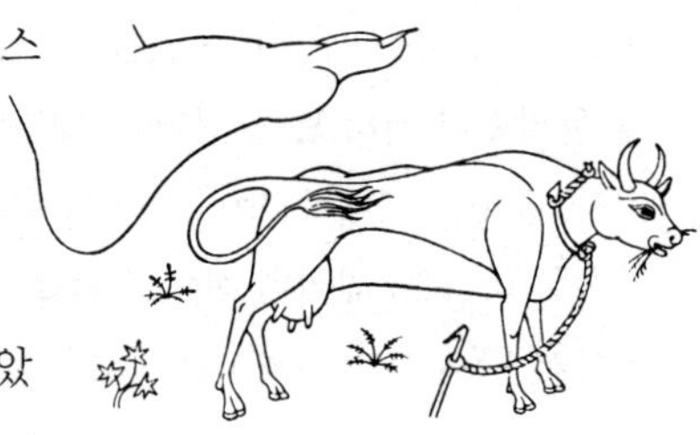

습니다. 5분이 지나자 왕의 여우 사냥꾼들이 5일간 쑥밭으로 만들어 놓은 것보다 더 엉망으로 만들어 놓았지요.

감은 강둑을 따라 들려오는 쿵쿵 소리를 들었습니다. 그래서 무슨 일이 벌어지고 있는지 보려고 농가가 있는 나지막한 언덕의 서쪽 비탈로 달려갔지요. 갑자기 거인이 성큼성큼 강을 가로질러 농부가 가장 아끼는 암소 갈라테아를 짓밟는 것이 보였습니다. 그 불쌍한 짐승은 농부가 짓눌러 버린 검은 딱정벌레처럼 납작하게 뭉개졌지요.

감은 도저히 참을 수 없었습니다. 겁에 질려 깨갱 소리를 지르며 쏜살같이 집으로 달려갔지요. 허락도 받지 않고 밖에 나왔다는 사실을 새까맣게 잊어버리고는 주인의 침실 창문 밑으로 달려가 컹컹 짖어 대며 낑낑거렸습니다. 한참 동안 아무 대답도 들리지 않았습니다. 농부 가일스는 쉽게 깨울 수 있는 사람이 아니었거든요.

"도와주세요! 도와줘요! 도와줘요!" 감이 소리쳤습니다. 갑자기 창문이 열리더니 그 개를 정확하게 겨눈

병이 날아왔습니다.

“아우!” 개는 숙련된 재주로 껑충 뛰어 옆으로 비켜나며 말했지요.

“도와주세요! 도와줘요! 도와줘요!”

농부의 머리가 툭 튀어나왔습니다. “이 성가신 개야! 무슨 짓이야?” 농부가 말했습니다.

“아무 짓도 안 했어요.” 개가 말했지요.

“네게 아무것도 안 줄 거야! 아침이 되면 네놈 가죽을 벗겨 주지.” 농부가 창문을 요란하게 닫으며 말했습니다.

“도와주세요! 도와줘요! 도와줘요!” 개가 소리쳤습니다.

가일스의 머리가 다시 나타났지요. “한 번만 더 소리치면 죽여 버릴 거야. 너 어떻게 된 것 아냐, 이 바보야?”

“전 멀쩡해요.” 개가 대답했지요. “하지만 주인님이 어떻게 된 것 같아요.”

“그게 무슨 말이야?” 가일스는 화가 난 와중에도 깜짝 놀라 말했어요. 예전에는 감이 이처럼 건방지게 대답한 적이 없었거든요.

“주인님의 밭에 거인이 나타났어요. 엄청나게 큰 거인이에요. 이쪽으로 오고 있어요.” 개가 말했어요. “도와주세요!

도와줘요! 거인이 주인님의 양을 짓밟고 있어요. 불쌍한 갈라테아를 밟아 버렸어요. 그 암소가 현관 깔개처럼 납작해졌어요. 도와주세요! 도와줘요! 거인이 주인님의 울타리를 부수고 농작물을 뭉개고 있어요. 주인님, 용감하고 민첩하게 행동하셔야 해요. 그러지 않으면 곧 남아 나는 게 없을 거예요. 도와줘요!" 감은 큰 소리로 짖기 시작했지요.

"조용히 해!" 농부는 이렇게 말하고 창문을 닫았습니다. '이런, 맙소사!' 그는 중얼거렸지요. 밤공기가 따뜻했지만 그는 사시나무처럼 몸을 떨었습니다.

"다시 잠자리에 들어요. 그리고 바보처럼 굴지 말아요!" 그의 아내가 말했습니다. "아침이 되면 저 개를 물속에 빠뜨려 버려요. 개의 말은 믿을 필요 없어요. 개들은 빈둥거리거나 도둑질을 하다가 잡히면 아무 말이나 다 하니까요."

"그럴지도 모르지, 아가타." 농부가 말했습니다. "그런데 아닐지도 몰라. 내 밭에 무슨 일이 일어난 모양이야. 그렇지 않다면 감은 겁쟁이 토끼 새끼인 거지. 저 녀석은 겁에 질려 있어. 그리고 아침에 우유 배달부가 올 때 뒷문으로 슬쩍 들어올 수 있는데 뭣 때문에 한밤중에 와서 낑낑거리겠어?"

“거기 서서 따지지 말아요!” 아내가 말했습니다. “개 말을 믿는다면 개의 충고를 따르세요. 용감하고 민첩하게 행동하라고요!”

“행동보다야 말이 훨씬 쉽지.” 가일스가 대답했습니다. 사실 그는 감의 이야기를 절반쯤은 믿었거든요. 한밤중이 지난 시간에 거인이 나타났다는 말은 터무니없게 들리지 않았으니까요.

누가 뭐래도 재산은 지켜야 합니다. 농부 가일스는 어떤 침입자도 감히 대항할 수 없도록 거칠게 상대해 왔지요. 그래서 그는 짧은 바지를 입고 부엌으로 내려가서 벽에 걸린 나팔총을 내렸습니다. 나팔총이 뭐냐고 묻는 사람이 있을지 모르겠군요. 실제로 누군가 옥스포드의 현명한 학자 네 분에게 바로 이 질문을 했다고 합니다. 그분들은 한참 생각한 후에 이렇게 대답했다지요. “나팔총은 탄알이나 총탄을 많이 발사할 수 있는 넓은 총구멍이 있는 짧은 총으로, 제한된 거리 이내에서는 정확한 조준 없이도 명중할 수 있다 (지금 문명화된 나라에서는 다른 화기로 대치되었다).”

어쨌든, 농부 가일스의 나팔총은 뿔나팔처럼 입구가 넓게 벌어져 있었고, 탄알이나 총탄뿐 아니라 가일스가 집어

넣을 수 있는 거라면 뭐든지 발사했습니다. 그리고 그것이 명중한 적은 단 한 번도 없었습니다. 가일스가 총을 장전한 경우도 거의 없었지만, 발사한 적은 한 번도 없었으니까요. 총을 보여 주기만 해도 대개는 가일스가 원하는 바를 이룰 수 있었거든요. 게다가 그곳은 아직 문명화되지 않은 지역이어서 나팔총을 능가하는 다른 화기도 없었지요. 실제로 유일한 총기가 나팔총이었고, 그것도 아주 드물게나 볼 수 있었습니다. 사람들은 활과 화살을 더 좋아했고, 화약은 대개 불꽃놀이를 할 때 사용했지요.

자, 농부 가일스는 나팔총을 꺼냈고 강경책을 써야 할 경우에 대비해서 화약을 잔뜩 집어넣었습니다. 그리고 오래된 못과 철사 조각, 부서진 도자기 조각, 뼈와 돌멩이, 다른

쓰레기들을 넓은 입구에 꽉꽉 채워 넣었습니다. 그러고 나서 목이 긴 구두를 신고 윗도리를 입고는 부엌 뜰을 통해 밖으로 나갔습니다.

그의 뒤편에 달이 나지막이 걸려 있었지요. 눈에 들어오는 기분 나쁜 것이라고는 덤불과 나무들이 드리운 길고 검은 그림자뿐이었습니다. 하지만 언덕 비탈을 올라오는 무시무시한 뚜벅뚜벅 터벅터벅 소리가 들려왔지요. 아가타가 뭐라 말하든 간에, 그는 용감한 기분도 아니었고 민첩한 상태도 아니었습니다. 하지만 자기 몸보다는 재산이 더 큰 걱정이었지요. 그래서 그는 허리띠가 좀 느슨하다고 느끼며 언덕배기 쪽으로 걸어갔습니다.

갑자기 언덕 언저리 너머로 거인의 얼굴이 나타났습니다. 달빛을 받아 창백한 얼굴에 크고 둥근 눈이 반짝였지요. 그의 발은 아직 저 아래 들판에서 웅덩이를 만들고 있었습니다. 달빛 때문에 눈이 부셔서 거인은 농부를 보지 못했습니다. 그러나 농부

가일스는 그를 보자 겁에 질려 등골이 오싹했지요. 그는 아무 생각 없이 방아쇠를 당겼고, 나팔총은 발사되었습니다. 어마어마하게 큰 소리를 내면서 말이지요. 운 좋게도 그 총은 거인의 좀 못생긴 큰 얼굴을 향하고 있었지요. 쓰레기가 날아갔고, 돌멩이들과 뼈다귀, 도자기 조각과 철사 줄, 그리고 못 여섯 개가 날아갔습니다. 사실 사정거리가 짧았으므로, 이 가운데 많은 것들이 거인을 맞힌 것은 농부가 의도해서가 아니라 순전히 우연이었지요. 도자기 조각이 거인의 눈에 들어갔고 커다란 못이 그의 콧구멍에 끼였지요.

"빌어먹을!" 거인은 상스러운 말투로 말했습니다. "쏘였어!" 거인은 요란한 소리에는 조금도 영향을 받지 않았지만(귀가 멀었으니까요), 못은 마음에 들지 않았습니다. 두꺼운 자기 살갗을 꿰뚫을 만큼 맹렬한 곤충과 맞닥뜨린 지 꽤 오래되었으니까요. 하지만 멀리 동쪽의 늪지에는 뜨거운 펜치처럼 물어뜯는 잠자리가 있다는 말을 들은 적이 있었습니다. 틀림없이 그런 것과 마주친 모양이라고 생각했지요.

"불쾌하고 건강에 나쁜 곳이야. 분명해." 거인은 이렇게 말했습니다. "오늘 밤에 이쪽으로는 더 가지 말아야겠어."

그래서 집에 가서 먹으려고 언덕 비탈에서 양 두 마리를 잡아 가지고 강을 건너 되돌아갔지요. 대략 북북서 방향으로 급히 걸음을 옮겼습니다. 결국에는 집으로 돌아가는 길을 찾게 되었지요. 마침내 방향을 제대로 잡았으니까요. 하지만 구리 냄비의 바닥은 새카맣게 타 버리고 말았지요.

농부 가일스는 나팔총이 발사되었을 때 벌렁 나가떨어졌습니다. 땅바닥에 누워 하늘을 올려다보면서 그는 거인의 발이 자기를 비껴갈 것인지 궁금해했지요. 그런데 아무 일도 일어나지 않았습니다. 쿵쿵 소리가 멀리 사라져 갔습니다. 그래서 그는 일어나서 어깨를 문지르고 나팔총을 집어 들었지요. 그때 갑자기 사람들이 환호하는 소리가 들려왔습니다.

햄의 주민들이 대부분 창가에서 내다보고 있었던 겁니다. 몇몇 사람은 (거인이 가 버린 다음에) 옷을 입고 나왔지요. 어떤 사람들은 환성을 지르며 언덕을 뛰어 올라오고 있었습니다.

마을 사람들은 무시무시하게 쿵쿵거리는 거인의 발소리를 들었던 겁니다. 대부분은 즉시 이불을 뒤집어쓰고 숨었지요. 어떤 사람들은 침대 밑으로 기어 들어갔습니다. 그런데 주인을 자랑스러워하면서도 두려워했던 감은 주인이 화가 나면 아주 무섭고 용감하다고 생각했기에 거인도 으레 똑같이 생각할 줄 알았지요. 그래서 나팔총을 들고 나서는 (보통은 대단히 분노했다는 표시였지요) 가일스를 보자마자, 컹컹 짖어 대고 소리치면서 마을로 쏜살같이 달려갔습니다.

"나오세요! 나와요! 나와 보세요! 일어나세요! 일어나요! 자, 우리 위대한 주인님을 보세요! 용감하고 민첩하신 분이에요. 침입한 거인을 쏠 거예요. 나와 보세요!"

어느 집에서나 언덕 꼭대기는 잘 보였습니다. 언덕 너머로 거인의 얼굴이 드러나자 사람들과 감은 겁이 나서 숨을 죽였지요. 개를 제외하고 사람들은 모두 가일스가 감당할 수 없는, 너무 엄청난 일에 맞닥뜨렸다고 생각했습니다. 그

때 나팔총이 펑 소리를 내며 터졌고, 그러자 거인은 갑자기 돌아서서 가 버렸습니다. 깜짝 놀란 그들은 기뻐서 손뼉을 치며 소리를 질렀고, 감은 짖어 대느라 머리가 빠질 지경이었습니다.

“만세!” 그들은 소리쳤습니다. “저 거인은 이젠 뭔가 배웠겠지! 아에기디우스 씨가 저 놈에게 벌을 주었어. 이제 저놈은 집으로 돌아가서 죽을 거야. 꼴좋다.” 그러고 나서 그들은 다시 환호성을 질렀습니다. 환성을 지르면서 이 나팔총이 정말로 발사될 수 있다는 사실을 명심해 두었지요. 자기들에게 해가 되지 않게끔 말입니다. 마을 주막에서 이 문제에 관한 말다툼이 벌어진 적이 있었거든요. 그런데 이제 그 문제가 해결된 것이지요. 이후로 농부 가일스는 침입자들 때문에 성가신 일을 겪는 일이 거의 없었습니다.

이제 상황이 안전하게 보이자 과감한 사람들 몇 명이 곧바로 언덕에 올라가서 농부 가일스와 악수했습니다. 목사님과 대장장이, 방앗간 주인 같은 사람들과 주요 인사 한두 명이 가일스의 등을 토닥였습니다. 가일스는 전혀 달갑지 않았지만(어깨가 무척 쓰라렸거든요) 그들을 자기 집으로 초대해야 한다고 생각했습니다. 그들은 부엌에 빙 둘러앉

아서 그의 건강을 위해 축배를 들고 큰 소리로 칭찬했지요. 그는 망설이지 않고 하품을 해 댔지만, 술잔이 계속 돌고 있는 한 사람들은 못 본 척했습니다. 그들이 모두 한두 잔씩 마셨을 때(그리고 농부가 두세 잔을 마셨을 때) 농부는 무척 용감한 기분이 들기 시작했습니다. 그들이 모두 두세 잔을 마셨을 때(농부는 대여섯 잔) 그는 감이 생각하는 것만큼이나 용감한 사람처럼 느꼈지요. 그들은 아주 기분 좋게 헤어졌습니다. 농부는 사람들의 등을 실컷 두들겨 주었습니다. 불그레한 그의 손은 크고 두툼했지요. 그렇게 보복해 주었습니다.

이튿날이 되자 그 소식은 눈덩이처럼 불어나 퍼져 나갔고, 가일스는 중요한 지역 인사가 되어 있었습니다. 다음 주 중반쯤 되자 그 소식은 근방 30킬로미터 이내의 마을에 모두 퍼져 나갔지요. 가일스는 지방의 영웅이 된 것입니다. 그것은 아주 기분 좋은 일이었지요. 다음번 장이 서는 날 그는 배도 띄울 수 있을 만큼 공짜 술을 얻어 마셨습니다. 다시 말하자면, 잔뜩 마신 것이지요. 그러고는 옛 영웅들의 노래를 부르며 집으로 돌아왔습니다.

마침내 왕도 그 소식을 듣게 되었습니다. 그 평화로운 시절에 그 왕국, 즉 섬의 '가운데 왕국'의 수도는 햄에서 100킬로미터쯤 떨어진 곳에 있었지요. 궁전에 사는 사람들은 대체로 지방에 사는 시골 사람들의 일에 그리 관심을 기울이지 않았습니다. 그러나 막대한 손해를 입힌 거인을 그처럼 신속하게 쫓아낸 사건은 주목할 만하고 호의를 약간 베풀어 줄 만하다고 여겨졌지요. 그래서 적절한 때에, 다시 말하자면, 세 달쯤 지나 미카엘 성인 축일이 되었을 때 왕은 근사한 편지를 보냈습니다. 그것은 흰 양피지에 붉은 글씨로 쓰여 있었고 "우리의 충실한 신하이자 총애하는

아에기디우스 아헤노바르부스 율리우스 아그리콜라 드 햄모"에 대한 왕의 찬사를 담고 있었습니다.

그 편지는 붉은 얼룩으로 서명이 되어 있었는데 궁정의 서기가 덧붙여 써 놓았지요. "**Ego Augustus Bonifacius Ambrosius Aurelianus Antoninus Pius et Magnificus, dux, rex, tyrannus, et basileus Mediterranearum Partium, subscribo** (나, 가운데 왕국의 덕망 높고 훌륭한 왕, 아우구스투스 보니파키우스 암브로시우스 아우렐리아누스 안토니누스는 아래에 서명한다)" 그리고 커다랗고 붉은 인장이 찍혀 있었습니다. 그러니 이 문서는 분명 진짜였지요. 가일스는 그 편지를 받고 무척 기뻤습니다. 마을 사람들도 경탄해 마지않았지요. 그 편지를 보여 달라고 청하기만 하면 농부의 난롯가에 앉아서 한 잔 얻어 마실 수 있다는 것을 알게 된 다음에는 더욱더 그랬습니다.

그 감사장보다 더 좋은 것은 그에 따라온 선물이었습니다. 왕이 혁대와 긴 칼을 보냈거든요. 솔직히 말하자면 왕은 그 칼을 써 본 적이 없었습니다. 그 칼은 왕의 가문에 전해져 내려온 것이었고, 기억할 수도 없는 옛날부터 무기 창고에 걸려 있었습니다. 무기 창고지기도 그 칼이 어떻게 그곳에 있게 되었는지, 그 칼의 용도가 무엇인지 알 수 없었습니다. 그런 투박하고 무거운 칼은 당시 궁정의 유행에 뒤떨어진 것이었지요. 그래서 왕은 그 칼을 시골뜨기에게 보낼 선물로 아주 적합하다고 생각한 겁니다. 하지만 농부 가일스는 몹시 기뻐했고, 그 지역에서 그의 명성은 더욱 높아졌습니다.

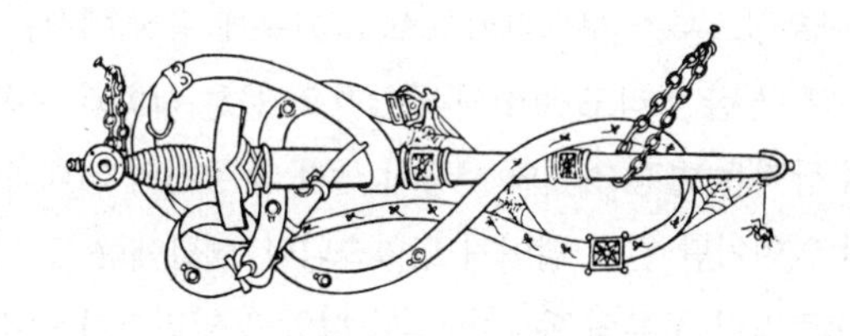

상황이 이렇게 흘러가자 가일스는 무척이나 기분이 좋았습니다. 그의 개도 마찬가지였지요. 개는 예상했던 매질을 전혀 당하지 않았습니다. 가일스는 스스로 공정한 사람이라고 생각했으니까요. 마음속으로 감의 공로가 크다고 인정했습니다. 그렇다고 해서 그 말을 입 밖에 낸 것은 아니었지요. 그는 기분 내키는 대로 여전히 개에게 욕설을 퍼붓고 단단한 물건을 던지곤 했지만 사소한 외출은 여러 번 눈감아 주었습니다. 감은 멀리 떨어진 들판으로 산책하는 습관이 들었지요. 농부는 다리를 높이 치켜들고 돌아다녔고 행운이 그에게 미소를 보냈습니다. 가을건이와 초겨울 준비는 잘 진행되었습니다. 모든 일이 안정된 듯이 보였지요. 용이 나타날 때까지는 말이지요.

당시에 이 섬에서는 이미 용들이 희귀해지고 있었습니다. 아우구스투스 보니파키우스의 '가운데 왕국'에서는 오랫동안 단 한 마리도 보이지 않았지요. 물론 서쪽과 북쪽으로 수상쩍은 변경 지대와 사람이 살지 않는 산악 지대가 펼쳐져 있었지만 멀리 떨어져 있었습니다. 옛날에는 그 지역에 이런저런 종류의 용들이 많이 살았고 멀리까지 습격하곤 했습니다. 그러나 그 당시에 '가운데 왕국'은 왕의 용감한 기사들로 유명했었지요. 길을 잃은 용들은 살해되기 일쑤였고 그렇지 않으면 심한 부상을 입고 돌아갔기에 다른 용들도 그 왕국에는 가까이 가려 하지 않았습니다.

그런데 왕의 크리스마스 잔칫상에 용 꼬리를 요리해서 올리는 풍습은 여전히 지속되었습니다. 그래서 매년 사냥의 임무를 맡을 기사를 한 명 선발했지요. 그 기사는 니콜라스 성인 축일에 출발해서 축제 전날 저녁까지는 용 꼬리를 가지고 돌아와야 했습니다. 하지만 벌써 여러 해 전부터 궁정 요리사는 멋진 당과를 만들었습니다. 아몬드 가루 반죽으로 만든 가짜 용 꼬리 케이크였는데 딱딱한 가루 설탕으로 교묘하게 만든 비늘이 달려 있었지요. 그러면 선발된 기사가 크리스마스 전날 저녁에 바이올린이 연주되고 트럼펫 소리가 울려 퍼지는 가운데 이것을 들고 연회장으로 들어갔습니다. 크리스마스 정찬이 끝난 후에는 가짜 용 꼬리를 먹었습니다. 사람들은 모두 (요리사를 기쁘게 해 주려고) 진짜 꼬리보다 더 맛있다고 말했지요.

상황이 이러할 때 진짜 용이 다시 나타난 겁니다. 대체로는 거인 때문이었지요. 불운한 모험을 겪은 후 거인은 뿔뿔이 흩어져 살고 있는 친척들을 찾아 산속을 이리저리 돌아다니곤 했습니다. 전보다 더 자주 찾아왔기에 그들은 달가워하지 않았지요. 거인이 늘 큰 구리 냄비를 빌려달라고 했기 때문입니다. 그런데 냄비를 빌리든 못 빌리든 간에 그는 주저앉아서 멀리 동쪽의 아주 멋진 지역에 대해서, 그리고 '넓은 세상'의 온갖 놀라운 것들에 대해서 느릿느릿 장광설을 늘어놓곤 했습니다. 자기가 위대하고 용감한 여행가라는 생각이 들었던 겁니다.

"멋진 땅이야." 거인은 이렇게 말하곤 했지요. "꽤 평평하고 밟으면 폭신폭신하고 먹을 것이 많아서 손으로 잡기만 하면 돼. 정말로 암소와 양이 지천에 깔려 있는데 자세히 보면 찾아내기도 쉽지."

"하지만 인간들은 어떤데?" 다른 거인들이 물었습니다.

"인간은 전혀 보지 못했어." 그가 말했습니다. "여보게, 기사라고는 단 한 명도 보이지 않았어. 들리지도 않았고. 강가에 침을 쏘는 파리가 몇 마리 있는 게 고작이었어."

"그렇다면 거기로 돌아가서 살지 그래?" 그들이 말했지요.

"아, 하지만 집처럼 좋은 곳은 없다지 않나." 거인이 말했습니다. "그래도 언젠가 마음이 내키면 돌아갈 거야. 어쨌든 나는 한번 가 보았으니까. 자네들은 그런 말도 할 수 없잖아. 자, 그런데 구리 냄비는 빌려줄 건가?"

"그런데 그 비옥한 땅 말이야." 그러면 그들은 서둘러 묻곤 했지요. "지키는 사람도 없이 가축들이 잔뜩 널려 있다는 그 기분 좋은 곳은 어느 쪽에 있나? 얼마나 멀지?"

"아." 그는 이렇게 대답하곤 했습니다. "동쪽이나 동남쪽으로 멀리 가야 해. 아주 먼 여행길이지." 그는 이렇듯 과장해서 묘사하곤 했습니다. 자기가 걸었던 거리와 지나간 숲과 언덕과 들판, 그리고 자기보다 다리가 짧은 거인들이 전혀 가 보지 못한 길에 대해서 말이지요. 그래서 그 이야기가 퍼져 나갔던 것입니다.

그런데 따뜻한 여름이 지나자 모진 겨울이 들어섰습니다. 산속은 매섭게 추웠고 먹을 것이 귀했습니다. 그 이야기는 점점 멀리 퍼져 나갔지요. 저지대의 양들과 짙푸른 목초지의 암소들에 대한 이야기가 아주 많이 오갔습니다. 용들이 귀를 곤두세웠습니다. 그들은 배가 고팠고 이 소문은 매혹적이었으니까요.

"그래, 기사들이란 신화에나 나오는 거야!" 젊고 경험이 없는 용들은 이렇게 말했습니다. "우린 언제나 그렇게 생각했지."

좀 더 나이가 지긋하고 현명한 용들은 이렇게 생각했습니다. '적어도 기사들이 희귀해진 모양이야. 멀리 있는 데다가 숫자도 적으니 더는 두려워할 필요가 없겠군.'

그 소문에 몹시 마음이 들뜬 용이 있었습니다. 그의 이름은 크리소필락스 다이브스였는데, 유서 깊은 황제의 혈통을 이어받았고 대단히 부자였기 때문이었지요. 그는 교활하고 호기심이 많고 탐욕스럽고 갑옷을 잘 갖춰 입었지만 지나치게 용감하지는 않았습니다. 하지만 적어도 파리나 벌레 따위는 전혀 무섭지 않았지요. 어떤 종류이든, 크기가 어떻든 간에 말입니다. 그런데 그는 배가 고파 죽을 지경이었습니다.

그래서 어느 겨울날, 크리스마스가 되기 일주일쯤 전에 크리소필락스는 날개를 펴고 날아올랐습니다. 그러고는 한밤중에 별안간 왕이자 군주이신 아우구스투스 보니파키우스의 '가운데 왕국' 한가운데 조용히 내려앉았습니다. 눈 깜짝할 사이에 박살을 내고 불로 태우고 양과 암소와 말 들을 걸신들린 듯 먹어 치우며 엄청난 피해를 입혔지요.

햄에서 멀리 떨어진 곳이었지만, 감은 간이 콩알만 해졌습니다. 그 개는 긴 원정을 나온 참이었거든요. 주인님의 특별한 총애를 받고 있었기에 과감하게도 집에서 멀리 떨어진 곳에서 하루나 이틀 밤을 지내려 했던 겁니다. 감은 좋은 냄새를 쫓아서 숲가를 따라가고 있었지요. 그때 모퉁이를 돌자 예전에 맡아 보지 못한 놀라운 냄새가 갑자기 풍겨 왔습니다. 실은 그때 막 땅에 내려앉은 크리소필락스 다이브스의 꼬리에 정면으로 부딪힌 것이지요. 감보다 더 빨리 꼬리를 돌려 집으로 줄행랑친 개는 없었을 겁니다. 용은 감이 캥캥거리는 소리를 듣고 고개를 돌려 콧김을 내뿜었습니다. 하지만 감이 사정거리 밖으로 달아난 다음이었지

요. 개는 밤새 달려서 아침 식사 시간 즈음에 집에 도착했습니다.

"도와주세요! 도와줘요! 도와줘요!" 감이 뒷문 밖에서 소리쳤습니다.

가일스는 그 소리를 들었지만 마음에 들지 않았습니다. 매사가 순조롭게 보이는 이때에, 뜻밖의 일이 벌어질 수 있다는 것을 떠올리게 했기 때문이지요.

"여보, 저 성가신 개를 들여놓고, 막대기로 두들겨 주라고!" 가일스가 말했습니다.

눈알이 툭 튀어나오고 혀가 늘어진 채 감은 부엌으로 급히 뛰어들었습니다. "도와주세요!" 감이 소리쳤지요.

"이 시간에 무슨 짓을 하고 돌아다닌 거야?" 가일스가 개에게 소시지를 던져 주며 말했습니다.

"아무 짓도 안 했어요." 너무 정신이 없는 나머지 감은 소시지를 쳐다보지도 않고 헐떡거렸습니다.

"글쎄, 무슨 짓이든 그만둬. 그러지 않으면 네 가죽을 벗겨 버릴 거야." 농부가 말했습니다.

"아무 잘못도 저지르지 않았어요. 나쁜 짓을 할 생각은 없었으니까요." 개가 말했습니다. "그런데 우연히 용과 맞닥뜨렸어요. 그래서 기겁을 한 거예요."

맥주를 마시던 농부는 사레들렸습니다. "용이라고?" 농부가 말했지요. "아무짝에도 쓸모없이 남의 일에 참견하기 좋아하는 성가신 녀석! 뭣 때문에 싸돌아 다니며 용을 찾아다닌단 말이야? 게다가 이맘때는 할 일이 태산 같은데. 그게 어디 있었어?"

"아! 북쪽 언덕들을 지나 저 멀리 '선돌들'과 그런 것들 너머에요." 개가 대답했습니다.

"아, 멀리 있다고!" 가일스는 큰 안도감을 느끼며 말했습니다. "그 지역에는 이상한 족속들이 있다고 들었어. 그러니 그 땅에서는 무슨 일이든 일어날 수 있겠지. 그들이 알아서 하라고 해! 내게 와서 그런 얘기를 늘어놓으며 성가시게 굴지 말라고. 나가!"

감은 밖으로 나와서 그 소식을 온 마을에 퍼뜨렸습니다. 주인님이 조금도 겁을 먹지 않았다는 말을 빼놓지 않았지요. "주인님은 아주 침착하셨어요. 태연히 아침 식사를 계속하시더라니까요."

사람들은 문간에 서서 유쾌하게 그 이야기를 나누었습니다. "옛날하고 똑같아! 게다가 크리스마스가 다가오고 있잖아. 시기도 딱 맞아. 국왕께서 얼마나 기뻐하실까! 이번 크리스마스에는 진짜 용 꼬리를 드실 수 있을 테니 말이야."

그러나 이튿날이 되자 다른 소식들이 들려왔습니다. 이 용은 특히 몸집이 크고 사나운 것 같았습니다. 엄청난 피해를 입히고 있었지요.

"왕의 기사들은 어떻게 되었지?" 사람들이 말하기 시작했습니다.

이미 다른 사람들도 똑같은 질문을 던졌지요. 실은 크리소필락스 때문에 가장 큰 고통을 당한 마을에서 왕에게 전령을 보냈고, 전령들은 한껏 용기를 내서 큰 소리로 자꾸 왕에게 물었던 겁니다. "폐하, 폐하의 기사들은 어떻게 되었습니까?"

그러나 기사들은 아무것도 안 했습니다. 용에 대해서 아직 공식적으로 통보를 받은 바가 없다는 것이었지요. 그래서 왕은 그 문제를 충분히 공식적으로 알려 주었고, 그들에게 편리한 때에 조속히 필요한 행동을 취하라고 청했습니다. 그러나 조속한 시일 내로 형편이 여의치 않다고 기사들이 답하자, 왕은 대단히 불쾌했지요. 그리고 편리한 날은 사실 하루하루 미뤄졌습니다.

하지만 물론 기사들의 핑계는 타당한 것이었지요. 무엇보다도, 궁정 요리사가 벌써 이번 크리스마스 파티에 쓸 용 꼬리를 만들기 시작했다는 것이었습니다. 요리사는 모든 일을 제때 맞춰서 해야 한다고 생각하는 사람이니까요. 그러니 마지막 순간에 진짜 용 꼬리를 들고 나타나서 요리사의 기분을 상하게 해서는 안 된다는 것이지요. 요리사는 무척 소중한 신하였으니까요.

"꼬리 따위는 신경 쓰지 마세요! 용의 머리를 잘라서 그 놈을 끝장내라고요!" 가장 큰 피해를 입은 마을에서 온 전령들이 소리쳤습니다.

그러나 크리스마스가 다가오고 있었습니다. 그런 데다 무척 안타깝게도 성 요한 축일에 성대한 기마 시합이 열리기로 예정되어 있었지요. 여러 지방의 기사들이 초청을 받아 값진 상을 타기 위해 오고 있었습니다. 그 시합이 끝나기 전에 가운데 왕국의 최고 기사들을 용 사냥에 내보내서 상을 받을 기회를 망치는 것은 명백히 불합리한 일이었지요.

그러고 나니 신년 휴일이었습니다.

그러나 용은 밤마다 움직였지요. 그리고 움직일 때마다 햄에 점점 더 가까워졌습니다. 새해 첫날 밤에 사람들은 멀리 떨어진 곳에서 타오르는 불길을 볼 수 있었지요. 용은 약 15킬로미터쯤 떨어진 숲에 자리를 잡았고 숲은 신나게 타올랐습니다. 마음이 내키면 뜨거운 불을 내뿜을 수 있는 용이었으니까요.

그러자 사람들은 농부 가일스를 바라보기 시작했고 그의 뒤에서 수군거렸습니다. 그래서 가일스는 몹시 불편해졌지요. 하지만 그는 모르는 척했습니다. 이튿날 용은 몇 킬로미터쯤 더 다가왔습니다. 그러자 농부 가일스는 큰 소리로 왕의 기사들을 험담하기 시작했습니다.

"기사들이 대체 무슨 일을 하면서 밥값을 받는 건지 알고 싶군." 그가 말했습니다.

"우리도 알고 싶소!" 햄의 주민들이 모두 말했지요.

그런데 방앗간 주인이 덧붙여 말했습니다. "어떤 사람들은 지금도 순전히 공적을 쌓아서 기사가 된다고 들었소. 결국, 여기 계신 우리의 훌륭한 이웃, 아에기디우스도 말하자면 이미 기사가 된 거나 다름없소. 왕께서 붉은 편지와 칼을 보내시지 않았소?"

"칼이 있다고 해서 기사가 되는 것은 아니오." 가일스가 대답했습니다. "기사 작위 수여라든가 그런 것들이 있어야 한다고 알고 있소. 어떻든 나는 내 일로 바쁜 사람이오."

"아! 하지만 왕께 요청한다면 틀림없이 기사 작위를 수여해 주실 거요." 방앗간 주인이 말했습니다. "너무 늦기 전에 국왕께 요청하기로 합시다!"

"아니오!" 가일스가 말했습니다. "기사 작위는 나 같은 사람에게는 맞지 않소. 나는 농부이고 그걸 자랑스럽게 생각하고 있소. 평범하고 정직한 사람이라오. 그리고 정직한 사람은 궁정 생활에 맞지 않는다고 들었소. 오히려 당신에게 잘 맞을 거요, 방앗간 주인 양반."

목사님은 미소를 지었습니다. 농부의 대답에 미소를 지은 것은 아니었지요. 가일스와 방앗간 주인은 햄에서 쓰는 말로 가슴속 앙숙이었기에 언제나 받는 만큼 앙갚음을 하곤 했습니다. 목사님은 갑자기 아주 즐거운 생각이 떠올랐던 것입니다. 그러나 그때는 아무 말도 하지 않았지요. 방앗간 주인은 무척 기분이 상해서 얼굴을 찌푸렸습니다.

"평범한 거야 분명하지. 정직한지 어떤지는 모르지만." 방앗간 주인이 말했습니다. "하지만 당신은 궁전에 가서 기사가 된 다음에야 용을 죽일 셈이오? 필요한 것은 오직 용기뿐이라오. 바로 어제 아에기디우스 씨가 이렇게 말하는 것을 들었소. 분명 그에게는 그 어떤 기사보다도 큰 용기가 있겠지요?"

옆에 둘러선 사람들이 모두 소리쳤습니다. "물론 그 정도는 아니오!" "정말 그렇소! 햄의 영웅을 위해 만세 삼창합시다!"

그러자 농부 가일스는 아주 불편한 심정으로 집에 돌아갔습니다. 이 지역에서 명성을 유지할 필요가 있지만 그러다가 곤란한 일에 빠질지도 모르니까요. 그는 개를 발로 걷어차고 칼을 부엌 찬장에 숨겼습니다. 그때까지 그 칼은 벽난로 위에 걸려 있었지요.

다음 날 용은 이웃에 있는 케르세튬(토속어로는 오클리) 마을까지 이동했습니다. 용은 양과 암소와 어린아이 한두 명을 먹어 치웠을 뿐만 아니라 목사님도 먹었지요. 경솔하게도 그 목사님은 사악한 행동을 하지 말라고 용에게 훈계하려 했던 겁니다. 일이 이렇게 되자 마을에는 엄청난 동요가 일었습니다. 햄의 주민들은 모두 자기들의 목사님을 앞세우고 언덕으로 몰려와 가일스를 찾았습니다.

"우리는 당신에게 기대하고 있소!" 그들은 빙 둘러서서 농부를 바라보며 이렇게 말했습니다. 마침내 농부의 얼굴은 그의 수염보다 더 붉어졌지요.

"언제 출발할 거요?" 그들이 물었습니다.

"글쎄, 오늘은 할 수 없소. 그건 엄연한 사실이오." 그가 말했습니다. "소 치는 일꾼이 병들었고 다른 일도 있고 해서 할 일이 많소. 그 일들을 처리해야 하오."

그러자 사람들이 돌아갔습니다. 그런데 저녁이 되자 용

이 조금 더 가까이 왔다는 소문이 돌았습니다. 그러자 사람들은 다시 가일스를 찾아왔지요.

"아에기디우스 씨, 우리는 당신에게 기대하고 있소." 사람들이 말했습니다.

"글쎄." 농부가 대답했습니다. "지금 당장은 무척 곤란하오. 내 암말이 다리를 절게 되었고 양이 새끼를 낳기 시작했소. 될 수 있는 대로 빨리 그것들을 돌봐 줘야 하니까."

그래서 사람들은 다시 돌아갔습니다. 툴툴거리고 수군대는 소리가 없을 수 없었지요. 방앗간 주인은 낄낄거렸습니다. 뒤에 남은 목사님은 돌아가지 않았습니다. 목사님은 저녁을 먹고 가겠다고 자청하고는 날카로운 질문을 몇 가지 던졌습니다. 심지어 그 칼이 어떻게 되었는지 묻고는 한번 봐야겠다고 고집을 부렸지요.

그 칼은 찬장 선반에 있었는데 선반보다 훨씬 길어서 삐죽이 나와 있었지요. 농부 가일스가 칼을 꺼내자 그것은 눈 깜짝할 사이에 칼집에서 튀어나왔습니다. 농부는 뜨거운 것에 닿기라도 한 듯이 칼집을 떨어뜨렸지요. 깜짝 놀란 목사님이 벌떡 일어서자 그 바람에 맥주가 쏟아졌습니다. 목사님은 조심스레 칼을 붙잡고 다시 칼집에 넣으려 했지요.

하지만 그 칼은 30센티미터도 들어가지 않았습니다. 목사님이 칼자루에서 손을 떼자마자 칼은 다시 멋지게 튀어나왔지요.

"맙소사! 무척 괴이한 일이야!" 목사님은 이렇게 말하며 칼집과 칼날을 자세히 살펴보았습니다. 목사님은 학식이 있는 사람이었지만, 농부는 커다란 대문자를 한 글자씩 어렵사리 읽을 수 있을 뿐이었지요. 심지어 자기 이름도 제대로 읽었는지 알지 못했습니다. 그래서 농부는 칼집과 칼에 새겨진 흐릿한 낯선 글자에 도통 관심을 기울이지 않았지요. 왕의 무기 창고지기는 칼과 칼집에 적혀 있는 룬 문자와 이름들 그리고 권세와 지위를 알려 주는 기호들을 너무 많이 봐 왔기에 굳이 골치를 썩이며 그 칼의 글자를 읽어 보려 하지 않았습니다. 어떻든 그런 글자들은 시대에 뒤떨어졌다고 생각했거든요.

그러나 목사님은 그것을 한참 바라보고는 이마를 찡그렸습니다. 그는 칼이나 칼집에서 어떤 글자를 보게 되리라고 예상했었지요. 바로 전날 그런 생각이 들었는데, 지금 눈앞에 보이는 것들은 목사님을 어리둥절하게 만들 뿐이었습니다. 분명히 글자와 기호가 있는데 그것이 무슨 뜻인지 도무지 알 수 없었거든요.

"이 칼집에 글자가 새겨져 있네. 그리고 칼에도, 음, 옛날 기호가 있군." 목사님이 말했습니다.

"그래요? 그게 무슨 뜻일까요?" 가일스가 물었습니다.

"옛날 글자들인데, 미개 언어로 쓰여 있네." 목사님은 시간을 벌기 위해 말했습니다. "조금 더 자세히 살펴봐야겠어." 목사님은 그 칼을 하룻밤 빌려달라고 청했습니다. 농부는 기쁜 마음으로 빌려주었지요.

집에 돌아오자 목사님은 깊은 학식이 담긴 책들을 서가에서 잔뜩 꺼내 왔습니다. 그리고 밤이 깊도록 자지 않고 그 책들을 읽었지요. 다음 날 아침이 되자 용이 조금 더 가까이 왔다는 사실이 알려졌습니다. 햄 마을 사람들은 모두 문에 빗장을 걸고 창문의 겉창도 닫았지요. 지하실이 있는 사람들은 그리 내려가 촛불을 켜 놓고 덜덜 떨며 앉아 있었습니다.

그러나 목사님은 살그머니 집에서 나와 이 집 저 집을 돌아다녔습니다. 그러고는 들으려고 하는 사람 누구에게나 자기가 연구해서 알아낸 사실을 갈라진 틈이나 열쇠 구멍으로 말해 주었습니다.

"우리의 훌륭한 아에기디우스는 왕의 은혜를 입어 이제 그 유명한 칼 카우디모르닥스의 주인이라네. 대중 모험담에서 더 흔한 말로 '꼬리물어뜯개'라고 불린 칼 말이야."

이 말을 들은 사람들은 대부분 문을 열었습니다. 그들은 모두 '꼬리물어뜯개'의 명성을 잘 알고 있었으니까요. 그것은 왕국의 용 사냥꾼들 중에서 가장 위대한 벨로마리우스의 칼이었습니다. 어떤 전설에 의하면 그는 국왕의 외고조부였다고 합니다. 그의 업적을 기리는 노래와 이야기가 많이 전해져 왔지요. 비록 궁정에서는 잊혔을지라도 시골에는 그 칼을 기억하는 사람들이 많았습니다.

"이 칼은 용이 8킬로미터 이내에 있으면 칼집에 들어가지 않는다네. 그리고 용감한 사람이 잡으면 그 어떤 용도 이 칼에 대항할 수 없다네."

그러자 사람들은 다시 용기를 내기 시작했습니다. 어떤 사람들은 창문을 열고 머리를 내밀었지요. 그래서 목사님은 몇몇 사람들에게 밖으로 나와 자신과 동행해 달라고 부탁했지요. 하지만 기꺼이 나온 사람은 방앗간 주인뿐이었습니다. 가일스가 곤경에 빠지는 것을 볼 수만 있다면 어떤 위험이라도 무릅쓸 가치가 있으니까요.

그들은 언덕을 올라갔습니다. 이따금 강 너머 북쪽을 불안스레 바라보면서 말이지요. 아직 용은 기척도 보이지 않았습니다. 어쩌면 자고 있을지 모르지요. 크리스마스 휴일에 정말로 실컷 배불리 먹었으니까요.

목사님은 (방앗간 주인과 함께) 농부의 집 문을 쾅쾅 두드렸습니다. 아무 대답도 없자 그들은 더욱 세게 두드렸지요. 마침내 가일스가 밖으로 나왔습니다. 그의 얼굴은 시뻘겋게 달아올라 있었지요. 그도 밤늦도록 앉아 있었던 겁니다.

맥주를 잔뜩 마시면서 말이지요. 아침에 눈을 뜨자마자 또 퍼마시기 시작했지요.

그들은 농부 옆에 서서 훌륭한 아에기디우스라든가, 용감한 아헤노바르부스, 위대한 율리우스, 강인한 아그리콜라, 햄의 자랑거리, 시골의 영웅이라고 그를 불렀습니다. 그러고는 카우디모르닥스, 즉 '꼬리물어뜯개'에 대해서도, 칼집에 들어가지 않으려는 칼, 죽음 또는 승리, 자작농들의 영광, 나라의 중추, 동료 인간들의 행복이라고 불렀습니다. 결국 농부의 머리는 걷잡을 수 없이 뒤죽박죽이 되었지요.

"자, 자! 한 번에 한 가지씩만 말하시오!" 말할 틈이 생기자 가일스가 한마디 끼어들었습니다. "이게 다 뭐요, 무슨 일이냐고? 알다시피 나는 오늘 아침에도 바쁘단 말이오."

그리고 목사님에게 어찌 된 사정인지 이야기해 달라고 했습니다. 자기가 바랐던 대로 농부가 곤경에 처해 쩔쩔매는 꼴을 보자 방앗간 주인은 기분이 아주 좋았지요. 그러나 순전히 방앗간 주인의 예상대로 된 것은 아니었습니다. 우선, 가일스가 독한 맥주를 너무 많이 마셨던 겁니다. 그리고 자기 칼이 진짜 '꼬리물어뜯개'라는 것을 알게 되자 묘하게도 그의 마음속에서 자부심과 용기가 솟구쳤지요. 그는 어렸을 때 벨로마리우스에 관한 이야기를 아주 좋아했고, 분별력이 생길 만큼 나이가 들기 전에는 자기에게도 신기하고 영웅적인 칼이 있으면 좋겠다고 때로 바라기도 했었습니다. 그래서 꼬리물어뜯개를 들고 용 사냥에 나서겠다는 생각이 불현듯 떠올랐던 겁니다. 그러나 그는 평생 흥정하는 데 익숙한 사람이었기에 그 일을 미뤄 보려고 다시 한번 시도했지요.

"뭐라고! 내가 용 사냥을 나간다고! 이 낡은 각반과 조끼를 걸치고 말이오? 내가 들은 바로는 용과 싸우려면 갑옷이 필요하오. 하지만 내 집에 갑옷이라고는 전혀 없소. 그건 엄연한 사실이오." 그가 말했습니다.

그것은 약간 난처한 일이라고 모두 인정했습니다. 하지만 곧 대장장이를 불러왔지요. 대장장이는 고개를 저었습니다. 그는 굼뜨고 침울한 사람이었고, 흔히 명랑한 샘이라고 불렸지만 그의 원래 이름은 파브리키우스 쿤크타토르였습니다. 그는 일을 하면서 휘파람을 부는 일이 없었습니다. 그러나 자기가 예언한 대로 어떤 재앙(예를 들면 5월에 서리가 내리는 일)이 때맞춰 일어나면 신이 났지요. 그는 매일매일 온갖 재앙을 예언했기 때문에, 그가 예언하지 않은 일이 일어나는 경우는 거의 없었습니다. 그는 그것을 자랑거리로 여겼지요. 그에게는 가장 큰 기쁨이었습니다. 따라서 그가 재앙을 피하기 위한 일에 가담하지 않으려는 것은 당연했지요. 그는 다시 고개를 저었습니다.

"재료도 없이 갑옷을 만들 수는 없소." 대장장이가 말했습니다. "그리고 그건 내 전문 분야도 아니오. 목수에게 나무 방패를 만들어 달라고 하는 게 좋겠소. 하지만 그래 봐야 그리 도움이 되지도 않겠지. 그 용은 뜨거운 불을 내뿜으니까."

그들은 고개를 숙였습니다. 그러나 방앗간 주인은 쉽사리 단념하지 않았지요. 가일스가 응한다면 그를 용에게 보내고, 가일스가 끝까지 거절한다면 그의 명성의 거품을 날려 버리겠다고 작정하고 있었거든요. "사슬 갑옷은 어떻소?" 방앗간 주인이 말했습니다. "그건 도움이 되겠지. 아주 정교하게 만들 필요도 없소. 사냥을 나가려는 거지, 궁정에서 뽐내려는 게 아니니까. 친애하는 아에기디우스, 당신의 낡은 가죽 조끼는 어떻소? 그리고 대장간에는 사슬과 고리가 산더미처럼 쌓여 있소. 파브리키우스 씨도 거기 뭐가 있는지 잘 모를 거요."

"당신은 무슨 말을 하는지 모르는 것 같군." 대장장이가 쾌활해지며 말했습니다. "당신이 생각하는 것이 진짜 사슬 갑옷이라면, 그건 절대로 만들 수 없소. 난쟁이들의 재주가 필요하거든. 작은 고리 각각을 다른 고리 네 개에 끼워서 만들어야 하니까. 나한테 그런 재주가 있더라도 그걸 작업하려면 몇 주일은 걸릴 거요. 그사이에 우리 모두는 무덤 속에 들어가 있겠지. 아니면 적어도 용의 배 속에."

그들은 모두 낙심하여 양손을 쥐어틀었고, 대장장이는 미소를 지었습니다. 하지만 이제 그들은 너무나 겁에 질린 나머지, 방앗간 주인의 계획을 포기하려 들지 않고 그의 의견을 물었습니다.

"자, 옛날 남쪽 땅에 살던 사람들은 빛나는 쇠사슬 갑옷을 살 수 없을 때 가죽 조끼에 강철 사슬을 꿰매어 붙인 갑옷으로 만족했다고 들은 적이 있소. 그런 식으로 할 수 있는 방법을 찾아봅시다!" 방앗간 주인이 이렇게 말했습니다.

그래서 가일스는 낡은 조끼를 꺼내 와야 했고, 대장장이는 서둘러 대장간으로 돌아갔습니다. 사람들은 대장간을 구석구석 샅샅이 뒤지고 오랫동안 쌓여 있던 금속 더미를 뒤집어엎었습니다. 근래에 없던 일이었지요. 그 밑바닥에서 그들은 녹슬어 무뎌진 조그만 고리들을 찾아냈습니다. 빙앗간 주인이 말했듯이 어떤 잊힌 갑옷에서 떨이져 나온 것들이었지요. 그 일이 보다 희망적으로 보이자 샘은 점점 더 침울해졌고, 내키지 않는 기분으로 그 일에 착수하여 고리들을 모으고 골라서 닦아 냈지요. 그리고 아에기디우스 씨처럼 가슴과 등이 넓은 사람의 옷에 달기에는 고리가 부족하다는 점이 명백해지자 (대장장이는 이 사실을 지적하면서 기분이 좋았지요) 사람들은 그에게 낡은 사슬들을 쪼개고 연결 부위를 망치로 두드려서 재주껏 훌륭한 고리를 만들라고 요구했습니다.

사람들은 작은 강철 고리들을 모아서 조끼의 가슴 부분

에 꿰맸고 더 크고 엉성한 고리들은 등에 달았습니다. 그리고 불쌍한 샘을 아주 열심히 닦달하여 고리가 많이 남게 되자, 농부의 바지를 가져와서 거기에도 사슬을 달았습니다. 대장간의 어둠침침한 구석에 있는 선반에서 방앗간 주인은 오래된 투구의 철 테를 찾아냈지요. 그는 가급적 꼼꼼하게 그것을 가죽으로 감싸 달라고 구두장이에게 맡겼습니다.

그 일을 하는 데 그날 오후 내내 그리고 다음 날 하루가 꼬박 걸렸습니다. 그다음 날은 주현절이자 공현대축일 전날이었지만 축제에 대해서 생각하는 사람은 아무도 없었습니다. 농부 가일스는 평소보다 맥주를 더 많이 마시며 축일을 축하했지요. 하지만 고맙게도 용은 잠에서 깨어나지 않았습니다. 당분간은 배고픔이나 칼에 대해서 완전히 잊었던 것이지요.

공현대축일 날 아침 일찍 사람들은 직접 만든 이상한 물건을 들고 언덕을 올라왔습니다. 가일스는 그들을 기다리고 있었지요. 이제 더는 핑곗거리가 없었으니까요. 그래서 그는 갑옷 조끼와 바지를 입었습니다. 방앗간 주인은 낄낄 웃었지요. 가일스는 목이 긴 구두를 신고 낡은 박차를 달고는 가죽으로 감싼 투구를 썼습니다. 그러나 마지막으로 투

구 위에 낡은 펠트 모자를 쓰고 갑옷 위로 커다란 잿빛 망토를 걸쳤습니다.

"대체 그건 무엇 때문에 입는 거요?" 사람들이 물었습니다.

"글쎄, 당신들은 캔터베리 종처럼 요란하게 딸랑거리며 용 사냥에 나설지 모르지만, 난 그러지 않겠소. 내가 다가가고 있다는 걸 쓸데없이 용에게 일찍 알려 주는 건 분별력이 없는 일이지. 그리고 투구는 투구라고. 결투를 신청할 때 필요한 물건이란 말이야. 그러니 산울타리를 넘어갈 때까지는 용에게 내 낡은 모자만 보여 줄 생각이오. 그래야 싸움이 시작되기 전에 좀 더 가까이 갈 수 있겠지." 가일스가 대답했습니다.

고리들을 각각 아래 고리 위에 늘어지도록 겹쳐서 박아 놓았기 때문에 찰랑거리는 소리가 울리지 않을 수 없었습니다. 망토를 두르니 그 소리는 들리지 않았지만 그렇게 차려입은 가일스의 차림새는 기묘하기 짝이 없었지요. 하지만 사람들은 그런 말을 하지 않았습니다. 그들은 어렵사리 그의 허리에 혁대를 매어 주고 그 위에 칼집을 걸었지요. 칼은 가일스가 들고 가야만 했습니다. 온 힘을 다해 붙잡고 있지 않는 한, 그 칼은 칼집에 들어가려 하지 않았으니까요.

농부는 소리쳐 감을 불렀습니다. 그는 자기 생각으로는 공정한 사람이었으니까요. “자, 너도 같이 갈 거다.”

개는 으르렁거리며 소리쳤습니다. “도와주세요! 도와줘요!”

“자, 그만 짖어! 안 그러면 내가 너를 용보다 더 고약하게 만들어 주겠어. 네가 그 뱀 같은 놈의 냄새를 아니까 아마 이번에는 도움이 되겠지.”

그러고 나서 농부 가일스는 잿빛 암말을 불렀습니다. 말은 이상하다는 듯 가일스를 쳐다보고는 킁킁거리며 박차 냄새를 맡았습니다. 하지만 가일스가 올라타도록 가만히 있었습니다. 이렇게 해서 그들은 출발했지요. 그중 누구도 즐거운 기분이 아니었습니다. 그들은 총총걸음으로 마을을 지났고 사람들은 모두 손뼉을 치며 환호했지요. 대개 창가에 서서 말입니다. 농부와 암말은 될 수 있는 대로 태연한

표정을 짓고 있었지만 감은 수치심이라고는 전혀 없었기에 꼬리를 축 늘어뜨린 채 뒤처져서 따라갔습니다.

그들은 마을 끝머리에 있는 강에 이르러 다리를 건넜습니다. 마침내 사람들에게 보이지 않는 곳에 이르자 걸음을 늦추었습니다. 하지만 농부 가일스와 다른 사람들의 밭을 지나 곧 용이 덮친 곳에 이르렀지요. 나무들은 부러졌고 산울타리는 불타 버렸으며 풀은 시커멓게 그을렸고, 불쾌하고 불길한 정적이 감돌고 있었습니다.

태양이 화창하게 빛나고 있었기에 농부는 옷을 한두 가지 벗어 던지고 싶었습니다. 맥주를 너무 많이 마신 모양이라고 생각했지요. '크리스마스니 뭐니 전부 멋지게 끝나는 군. 나도 끝장나지만 않으면, 운 좋은 것이련만.' 그는 이렇게 생각했습니다. 그러고는 커다란 손수건으로 얼굴을 닦았지요. 그 수건은 붉은색이 아니라 녹색이었는데, 붉은색은 용을 흥분시키기 때문이었습니다. 아니, 그런 이야기를 들은 적이 있었습니다.

그런데 용을 찾을 수 없었습니다. 그는 넓은 길과 좁은 오솔길을 한참 지났고 다른 농부들의 황폐한 들판을 지나갔지만 아직도 용이 보이지 않았습니다. 물론 감은 전혀 쓸모가 없었지요. 그저 암말 뒤꽁무니에서 마지못해 쫓아오기나 하지, 냄새를 맡으려 들지도 않았으니까요.

마침내 그들은 굽어진 길에 이르렀습니다. 파괴된 것도 거의 없고 고요하고 평화롭게 보이는 곳이었지요. 1킬로미터쯤 그 길을 따라가다가 가일스는 이제 자기 명성에 걸맞도록 의무를 다하지 않았을까 하는 생각이 들었습니다. 이미 먼 곳까지 나와서 긴 시간 살펴보았으니까요. 이제 집에 돌아가서 저녁을 먹고는 이웃들에게 용이 자기가 오는 것을 보더니 그냥 날아가 버렸다고 말해야겠다고 생각하며 삐죽 튀어나온 길모퉁이를 돌았지요.

바로 거기에 용이 있었습니다. 그 무시무시한 머리를 길 한복판에 누이고 부서진 신울타리를 반쯤 가로질러 누워 있었지요. "도와줘요!" 감은 소리를 지르며 펄쩍 뛰어 달아났습니다. 잿빛 암말은 그 자리에 털썩 주저앉았지요. 그래서 농부 가일스는 거꾸로 떨어져 도랑에 빠졌습니다. 고개를 들자, 잠에서 완전히 깨어난 용이 그를 바라보고 있었지요.

"좋은 아침이오!" 용이 말했습니다. "놀라신 모양이군."

"좋은 아침이오!" 가일스가 대답했지요. "정말 놀랐소."

"실례했소." 용이 이렇게 말했습니다. 농부가 넘어질 때 찰랑거린 사슬 소리를 듣고는 아주 의심스럽다는 듯 귀를 곤두세웠던 것입니다. "실례지만 물어봐야겠소. 혹시 나를 찾고 있었소?"

"아니오! 그럴 리가 있소?" 농부가 말했습니다. "당신을 여기서 보게 되리라고 누가 생각이나 했겠소? 나는 그저 말 타러 나온 것뿐이오."

농부는 서둘러 도랑에서 기어 나와서는 암말 쪽으로 슬금슬금 뒷걸음질 쳤습니다. 말은 이제 일어서서는 아무 관심도 없다는 듯이 길가에 난 풀을 뜯어 먹고 있었지요.

"그렇다면 우리는 순전히 운이 좋아서 만난 거로군." 용이 말했습니다. "만나서 반갑소. 당신이 입은 옷은 나들이 옷인 모양인데, 새로운 유행인가 보오?" 농부 가일스의 펠트 모자는 굴러떨어졌고 잿빛 망토는 벌어져 있었지요. 하지만 농부는 두려운 기색 없이 대답했습니다.

"아, 아주 새 옷이라오. 그런데 지금은 내 개를 찾아봐야겠소. 아마 토끼를 쫓아간 모양이오."

"아마 그렇지 않을걸." 크리소필락스는 입술을 핥으며(이건 즐거울 때 하는 버릇이었습니다) 말했습니다. "당신보다 훨씬 먼저 집에 도착하겠지. 하지만 가던 길을 계속 가시오, 형씨. 가만있자, 당신 이름을 모르는 것 같은데?"

"나도 당신 이름을 모르오." 가일스가 말했지요. "그러니 그냥 모르는 걸로 합시다."

"좋으실 대로." 크리소필락스는 다시 입술을 핥고는 눈을 감는 척하며 말했습니다. 그는 (용들이 모두 그렇듯이) 사악한 마음을 갖고 있었지만, (때론 이런 경우도 있을 수 있는데) 그 마음이 대단히 용감한 것은 아니었지요. 그는 싸우지 않고도 얻을 수 있는 먹이를 더 좋아했습니다. 그런데 오랫동안 푹 자고 일어났더니 식욕이 돌아왔지요. 오클리의 목사는 너무 질겼습니다. 그리고 크고 뚱뚱한 사람을 먹어 본 지 벌써 여러 해가 지났지요. 이제 용은 이 손쉬운 먹이를 시식해 보려고 마음먹었습니다. 다만 이 늙은 바보가 방심하기를 기다리기로 했지요.

하지만 그 늙은 바보는 겉보기처럼 그렇게 어리석지 않았습니다. 그는 말에 올라타려고 하면서도 용에게서 눈을 떼지 않았지요. 그런데 암말은 딴생각을 하고 있었고, 가일스가 올라타려 하자 발길질을 하며 뒷걸음질을 쳤습니다. 용은 조급해져서 덤벼들 태세를 갖췄습니다.

"실례하겠소!" 용이 말했습니다. "그런데 뭔가 떨어뜨리

지 않았소?"

케케묵은 수법이었지요. 하지만 효과가 있었습니다. 사실 가일스는 떨어뜨린 것이 있었으니까요. 넘어지면서 떨어뜨린 카우디모르닥스(아니면 토속어로는 꼬리물어뜯개)가 길옆에 있었습니다. 농부는 몸을 숙여 그것을 잡았지요. 바로 그 순간에 용이 덤벼들었습니다. 그러나 꼬리물어뜯개만큼이나 재빠르지는 못했지요. 그 칼은 농부의 손이 닿자마자 순식간에 튀어나와 똑바로 용의 눈을 겨누었습니다.

"하!" 갑자기 공격을 멈추고 용이 물었습니다. "당신이 들고 있는 게 뭐요?"

"별것 아니오. 꼬리물어뜯개라고 왕께서 내게 주신 거지." 가일스가 말했습니다.

"내가 실수했군! 당신의 용서를 빌겠소." 용은 이렇게 말하며 넙죽 엎드려 기었습니다. 농부 가일스는 이제 마음이 놓였지요. "하지만 당신은 나에게 공정하게 대하지 않았소."

"어째서 그렇단 말이지?" 가일스가 물었지요. "그리고 도대체 내가 왜 공정하게 대해야 하지?"

"당신은 명예로운 당신의 이름을 가르쳐 주지 않았고, 우리의 만남이 우연인 척했소. 하지만 분명 당신은 혈통이 고귀한 기사겠지요. 과거에 기사들은 이런 경우에 예의를 갖춰 직함과 신분을 서로 밝힌 후에 결투를 청하곤 했지요."

"아마도 과거에 그랬겠지. 아마 지금도 그럴 거야." 가일스는 기분이 좋아졌습니다. 몸집이 커다랗고 힘이 막강한 용이 자기 앞에 넙죽 엎드려 있다면 약간 의기양양한 기분을 느끼더라도 충분히 그럴 법하지요. "하지만 네 실수는 한 가지가 아니야, 이 늙은 뱀아. 나는 기사가 아니야. 난 햄의 농부 아에기디우스라고. 그렇고말고. 그리고 나는 침입자들을 참을 수 없어. 전에도 나팔총으로 거인들을 쏘아 줬지. 그 녀석들은 너보다 피해를 훨씬 덜 입혔는데도 말이야. 그때도 결투 신청 따위는 하지 않았어."

용은 머릿속이 혼란스러워졌습니다. '빌어먹을! 거인 녀석이 거짓말을 했구나! 불행히도 속임수에 빠졌어. 이제 저 용감한 농부와 번쩍이며 공격하는 칼을 대체 어떻게 처리해야 할까?' 용은 아무리 생각해도 과거에 이런 일이 있었던 경우를 생각해 낼 수 없었습니다. "내 이름은 크리소필락스, 부유한 자 크리소필락스입니다. 당신에게 무엇을 해드릴까요?" 용은 알랑거리며 물었습니다. 한쪽 눈으로는 칼을 바라보며 속으로는 결투를 피할 수 있기를 바라고 있었지요.

“날아가 버려, 이 뿔처럼 딱딱하고 늙은 짐승아.” 가일스 역시 결투를 피하고 싶어서 이렇게 말했습니다. “나는 네놈을 쫓아내 버리고 싶을 뿐이야. 여기서 곧장 사라져. 그리고 네 더러운 굴로 돌아가!” 농부는 마치 새를 몰아내는 허수아비처럼 팔을 휘두르며 크리소필락스 쪽으로 다가갔습니다.

그것만으로도 꼬리물어뜯개는 충분했습니다. 그 칼은 번쩍이며 공중에서 맴을 돌더니 내려오며 용의 오른쪽 날개 관절을 찔렀습니다. 큰 소리로 울리는 그 타격에 용은 혼비백산할 지경이었지요. 물론 가일스는 용을 죽이는 적절한 방법에 대해 아는 바가 없었습니다. 그렇지 않았더라면 그 칼은 더 연약한 부분에 꽂혔을 겁니다. 하지만 꼬리물어뜯개로서는 경험이 없는 손에 휘둘리며 최선을 다한 것이었지요. 크리소필락스를 제압하기에 충분했으니까요. 그 용은 며칠간 날개를 사용할 수 없었거든요. 용은 일어나서 날아가려 했지만 날 수 없었습니다. 농부는 펄쩍 뛰어 말 등에 올라탔습니다. 용은 달리기 시작했지요. 암말도 뒤따라 달렸습니다. 용은 콧김을 뿜고 헐떡이며 들판을 질주했습니다. 암말도 그렇게 했지요. 농부는 경마를 관람하듯이 고함을 질러 댔습니다. 그러면서 꼬리물어뜯개를 계속해서 흔들어 댔지요. 용은 빨리 달리면 달릴수록 더욱더 정신이 없었습니다. 암말은 가장 튼튼한 다리를 앞으로 내밀고 질주하며 계속해서 용의 뒤를 바짝 쫓았습니다.

그들은 쿵쾅거리며 오솔길을 따라 내려갔고 산울타리의

갈라진 틈을 지나 들판을 넘고 시냇물도 여럿 지났습니다. 콧김을 내뿜고 큰 소리로 울부짖으며 달리던 용은 방향 감각을 완전히 잃어버렸지요. 마침내 그들은 갑자기 햄의 다리에 도착했고 우레 같은 소리를 지르며 다리를 지나 마을 길로 들어섰습니다. 뻔뻔스럽게도 감은 어느 뒷골목에서 슬쩍 나와서는 그 추격전에 가담했습니다.

사람들은 모두 창가로 모여들거나 지붕 위로 올라갔지

요. 어떤 사람들은 웃었고 어떤 사람들은 환호했습니다. 어떤 이들은 냄비와 프라이팬과 주전자를 두들겼습니다. 다른 이들은 뿔나팔과 피리와 호루라기를 불어 댔습니다. 목사님은 교회의 종을 울리게 했지요. 그런 야단법석과 소동은 과거 백 년 동안 햄에서 일어난 적이 없었습니다.

바로 교회 문 앞에서 용은 포기했습니다. 그는 길 한복판에 누워 헐떡거렸지요. 감은 달려가서 킁킁거리며 꼬리 냄새를 맡았습니다. 하지만 크리소필락스는 수치심을 느낄 여유도 없었지요.

"선량한 인간들이여, 그리고 용감한 전사들이여." 용이 헐떡거리며 말했습니다. 가일스는 말을 타고 쫓아왔고 마을 사람들은 쇠스랑과 장대와 부지깽이를 들고 주위에 (적당히 거리를 두고) 몰려들었습니다. "선량한 인간들이여, 나를 죽이지 마세요. 나는 큰 부자니까요. 내가 끼친 손해에 대해서 모두 배상하겠어요. 특히 오클리의 목사님과 내가 죽인 사람들 모두의 장례식 비용도 지불하겠어요. 목사님에게는 기념비도 세워 드리지요. 비록 그분이 다소 살이 없긴 했지만요. 당신들에게는 아주 훌륭한 선물을 주겠어요. 내가 집에 돌아가서 그걸 가져오게 해 준다면 말이에요."

"얼마나 줄 건데?" 농부가 물었습니다.

"글쎄요." 용은 재빨리 셈을 해 보며 말했습니다. 모인 사람들이 꽤 많다는 것을 알아챘지요. "각각 13실링 8펜스가 어떨까요?"

"말도 안 돼!" 가일스가 말했습니다. "허튼소리야!" 사람들이 말했습니다. "당치도 않아!" 개가 말했습니다.

"각각 금화 두 닢으로 하고 아이들은 반값으로 하면 어떨까요?" 용이 말했습니다.

"개들은 어떻게 하고?" 갬이 말했지요. "계속해 봐! 듣고 있으니까." 농부가 말했습니다.

"사람들에게는 10파운드와 은 지갑으로 하고 개들에게는 황금 목걸이가 어떨까요?" 크리소필락스가 불안한 표정으로 말했습니다.

"저 녀석을 죽여 버려!" 사람들은 더 이상 참지 못하고 소리쳤습니다.

"남자분들께는 황금 한 자루로 하고 부인들에게는 다이아몬드가 어떨까요?" 크리소필락스가 서둘러 말했습니다.

"이제야 제대로 말하는군. 하지만 아직 충분치 않아." 농부 가일스가 말했지요. "또 개를 빠뜨렸군." 감이 말했습니다. "자루가 얼마만 한 크기인데?" 남자들이 말했지요. "다이아몬드는 몇 개나 줄 건데?" 부인들이 말했지요.

"이런! 맙소사! 난 파산할 거예요." 용이 말했습니다.

"넌 그래도 싸. 파산을 하든지 아니면 지금 있는 곳에서 죽든지 하나를 선택해." 농부는 꼬리물어뜯개를 휘둘렀고 용은 움찔했습니다. "결정하라고!" 사람들은 점점 더 과감해져서 조금씩 가까이 다가서며 소리쳤습니다.

크리스필락스는 눈을 끔뻑거렸습니다. 그러나 몸속 깊은 곳에서 그는 비웃었지요. 소리 없이 몸이

진동했지만 사람들은 알아차리지 못했습니다. 이 흥정이 재미있게 느껴지기 시작한 것이었지요. 분명 사람들은 이 흥정에서 뭔가 얻기를 바라고 있었습니다. 그들은 넓고 사악한 세상이 어떻게 돌아가는지 거의 알지 못했으니까요. 실제로 용들을 직접 대면하고 용들의 속임수를 경험한 사람들 중에 지금 살아 있는 사람은 온 나라를 통틀어 단 한 명도 없었습니다. 크리소필락스는 숨을 돌리고 있었고 그의 꾀도 되살아나고 있었습니다. 그는 입술을 핥았지요.

"당신들이 조건을 말해 보세요!" 용이 말했습니다.

그러자 사람들이 모두 한꺼번에 말하기 시작했습니다. 크리소필락스는 흥미롭다는 듯이 들었지요. 다만 어떤 목소리 때문에 마음이 불편해졌습니다. 대장장이의 목소리였지요.

"내 말 명심해. 여기서 좋은 일이 생길 리가 없어. 당신들이 뭐라고 말하든 간에, 저 지렁이는 돌아오지 않을 거야. 하지만 어느 쪽이든 좋을 게 없어."

"자네 생각이 그렇다면 자네는 이 흥정에서 빠지게." 사람들은 이렇게 말하고 계속 옥신각신했습니다. 더 이상 용에게는 별로 관심을 두지 않았지요.

크리소필락스는 고개를 들었습니다. 하지만 사람들을 공격할 생각이었다든지 아니면 사람들이 입씨름하는 사이에 슬쩍 달아날 생각이었다면 실망했을 겁니다. 농부 가일스는 바로 옆에 서서 지푸라기를 씹으며 생각에 잠겨 있었습니다. 하지만 꼬리물어뜯개를 손에 쥐고 용을 바라보고 있었지요.

"지금 있는 자리에서 꼼짝하지 마!" 그가 말했습니다. "그러지 않으면 네놈에게 적합한 대접을 해 주지. 황금이 있건 없건 간에 말이야."

용은 납작 엎드렸습니다. 마침내 목사님이 대변인이 되어 가일스 옆으로 왔습니다. "사악한 용아! 너는 네가 악랄하게 얻은 보물을 모두 이곳으로 가져와야 해. 그러면 네가 피해를 입힌 사람들에게 보상해 주고 나서 우리들이 공평하게 나누어 갖겠다. 네가 다시는 우리 땅을 교란하지 않고 우리를 괴롭힐 다른 괴물들을 선동하지 않겠다고 엄숙하게 맹세한다면, 네 머리와 꼬리를 모두 달고 집으로 돌아가도록 허락하겠다. 그러니 이제 너는 (네 몸값을 갖고) 돌아오겠다고 철석같이 맹세해야 한다. 뱀의 양심도 묶어 놓을 만큼 강력한 맹세로 말이야."

크리소필락스는 망설이는 듯이 보이도록 그럴싸하게 연기를 하고는 그렇게 하겠노라고 했습니다. 심지어는 파산했다고 슬퍼하면서 뜨거운 눈물을 흘리기도 했지요. 마침내 길바닥에 눈물이 고여 웅덩이가 생기고 거기에서 김이 솟아올랐습니다. 하지만 누구도 그 눈물에 마음이 약해지지 않았지요. 용은 자기 재산을 모두 갖고 힐라리우스 성인과 펠릭스 성인 축일에 돌아오겠다고 여러 차례 엄숙하게 맹세했습니다. 그것은 놀라운 맹세였지요. 그가 돌아올 때까지 8일밖에 남지 않았는데, 왕복 여행을 하기에는 너무 짧은 기간이었으니까요. 지리를 전혀 모르는 무식한 사람이라도 그 정도는 생각할 수 있었을 겁니다. 그럼에도 불구하고 사람들은 용을 보내 주었고 다리까지 배웅했습니다.

"다음에 만날 때까지 안녕히!" 용은 다리를 건너며 말했습니다. "틀림없이 우리 모두 다시 만나기를 고대하겠지요."

"물론 그럴 거야." 사람들이 말했습니다. 물론 그들은 매우 어리석었지요. 용이 맹세를 함으로써 그의 양심이 재앙에 대한 두려움과 슬픔으로 고통받게 된다 하더라도, 슬프게도, 그에게는 양심이 없었으니까요. 황족의 혈통을 이어

받은 용에게 유감스럽게도 양심이 없다는 사실을 단순한 사람들은 이해할 수 없었겠지만, 적어도 목사님은 학식이 높기 때문에 짐작했을지 모릅니다. 아마도 그랬겠지요. 그 분은 고전어 학자였으므로 틀림없이 다른 사람들보다 멀리 미래를 내다볼 수 있었을 겁니다.

대장장이는 대장간으로 돌아가면서 고개를 저었습니다. “불길한 이름이야.” 그러고는 이렇게 말했지요. “힐라리우스와 펠릭스라니! 나는 그 이름들이 맘에 들지 않아.”

물론 왕은 곧 이 소식을 들었습니다. 그 소문은 왕국 전역에 불길처럼 퍼져 나갔고 이야기의 한 부분도 빠지지 않았지요. 왕은 여러 가지 이유로 깊은 인상을 받았습니다. 그중에서 적지 않은 이유는 바로 금전적인 문제였지요. 즉시 왕은 몸소 햄으로 행차하겠다고 마음을 먹었습니다. 그곳에서 아주 이상한 일들이 일어나는 것 같았으니까요.

용이 떠난 지 나흘이 지났을 때 왕이 도착했습니다. 흰말을 탄 왕은 여러 기사들과 트럼펫 주자들 그리고 짐을 실은 긴 행렬과 함께 다리를 건너왔습니다. 사람들은 모두 가장 좋은 옷을 입고 길가에 한 줄로 늘어서서 왕을 환영했지요. 기마대는 교회 앞의 빈터에 이르러 멈추었습니다. 왕을 배

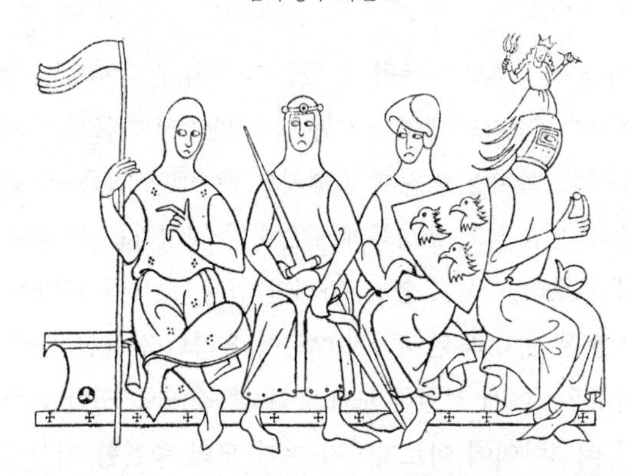

알하게 되었을 때 농부 가일스는 무릎을 꿇었습니다. 그러나 왕은 가일스에게 일어나라고 말하고 그의 등을 몸소 두드려 주었습니다. 기사들은 이 친근한 태도를 못 본 척했지요.

왕은 마을 사람들 모두에게 강가에 있는 농부 가일스의 넓은 풀밭에 모이라고 명령했습니다. 그리고 모두들 모이자 (감도 거기 끼었지요. 그 개는 자기도 관련이 있다고 생각했으니까요.) 아우구스투스 보니파키우스 렉스 에 바실레우스는 품위 있게 즐거워하며 연설했습니다.

그 사악한 크리소필락스의 보물은 모두 그 나라의 군주인 자신의 것이라고 왕은 용의주도하게 설명했습니다. 산악 지대의 영주로 간주될 수 있는 자신의 권리(이 점은 논란의 여지가 있었지요)에 대해서는 다소 가볍게 언급하고 지나갔습니다. 하지만 이렇게 말했지요. "어떻든 짐은 이 뱀의 보물이 전부 짐의 조상들에게서 훔친 것이라는 사실에 대해서 추호의 의심도 없소. 하지만 짐은, 모두들 알다시피, 공정할 뿐 아니라 관대하기 때문에 우리의 선량한 신하 아에기디우스에게 적절한 보상을 해 줄 것이오. 또한 목사님부터 어린아이에 이르기까지 여기 모인 충실한 백성들은 짐의 존중하는 마음을 담은 기념품을 받게 될 것이오. 짐은 이 햄 마을에 대단히 만족하기 때문이오. 적어도 이곳에는 타락하지 않은 건장한 주민들이 우리 종족의 옛 용기를 아직도 보유하고 있소." 기사들은 새로 유행하는 모자에 대해 자기들끼리 이야기하고 있었습니다.

사람들은 왕에게 고개를 숙여 절하고 겸손하게 감사의 뜻을 표했습니다. 하지만 이제 그들은 용이 모두에게 10파운드를 주겠다고 제안했을 때 흥정을 끝내고 그 일을 소문내지 않았더라면 더 좋았을 거라고 생각했습니다. 어떻든 왕이 존중심을 표시한다고 해도 그것이 10파운드에 미치지 않으리라는 것을 짐작할 만큼 세상 물정을 알고 있었으니까요. 감은 개에 대한 언급이 없다는 사실을 알아차렸습니다. 그들 가운데 정말로 만족한 사람은 농부 가일스뿐이었습니다. 그는 틀림없이 보상을 받을 테니까요. 그리고 어떻든 그 고약한 일에서 무사히 빠져나왔고 그의 명성이 전보다 더 높아졌으니 아주 즐거웠지요.

왕은 돌아가지 않았습니다. 그는 농부 가일스의 들판에 큰 천막을 세우게 하고 1월 14일까지 기다리기로 했지요. 그러고는 수도에서 멀리 떨어진 궁핍한 시골에서 될 수 있는 대로 즐겁게 지내기로 했습니다. 이후 사흘 동안 왕의

수행원들은 빵과 버터, 달걀, 닭고기, 베이컨, 양고기를 거의 다 먹어 치웠고 그 마을에 있던 묵은 맥주를 마지막 한 방울까지도 마셔 버렸습니다. 그러고 나서는 음식이 부족하다고 불평하기 시작했습니다. 그러나 왕은 모든 음식값을 후하게 쳐주었고 (눈금이 새겨진 나무 막대를 주었는데 나중에 국고에서 돈으로 지급하기로 되어 있었지요. 왕은 곧 국고에 보물을 가득 채울 수 있으리라고 기대했으니까요.) 그래서 사람들은 매우 만족했습니다. 현재 국고가 어떤 상태인지 몰랐으니까요.

힐라리우스 성인과 펠릭스 성인의 축일인 1월의 열나흘째 날이 되자 사람들은 모두 이른 아침부터 일어났습니다. 기사들은 갑옷을 입었지요. 농부는 집에서 만든 갑옷을 입었고, 기사들은 그 옷차림을 드러내 놓고 비웃었습니다. 왕이 눈살을 찌푸리는 것을 볼 때까지 말이지요. 농부는 꼬리물어뜯개를 찼습니다. 그 칼은 버터처럼 매끄럽게 칼집으로 들어가서는 움직이지 않았지요. 목사님은 그 칼을 지그시 바라보고는 혼자서 고개를 끄덕였습니다. 대장장이는 웃음을 터뜨렸지요.

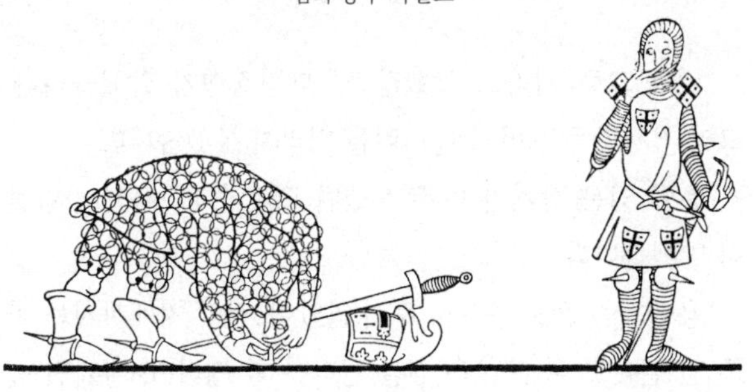

정오가 되었습니다. 사람들은 너무 긴장해서 밥도 제대로 먹을 수 없었습니다. 오후 시간은 느릿느릿 지나갔지요. 하지만 꼬리물어뜯개는 칼집에서 튀어나올 조짐을 보이지 않았습니다. 언덕 위의 파수병이나 높은 나무 꼭대기에 기어 올라간 어린아이들도 공중에서나 땅 위에서나 용이 돌아오는 기척을 볼 수 없었습니다.

대장장이는 신이 나서 휘파람을 불며 돌아다녔습니다. 하지만 저녁이 되어 별들이 나오고 나서야 다른 사람들은 용이 돌아올 작정이 아니었다고 생각하게 되었지요. 그래도 그들은 엄숙하고도 놀라웠던 용의 맹세를 돌이켜 생각하면서 계속 기다렸습니다. 자정을 알리는 소리가 울리고 약속한 날이 지나자 그들의 실망은 이루 말할 수 없었습니다. 대장장이는 아주 기뻐했지요.

“내가 그럴 거라고 말했잖아.” 대장장이가 말했습니다. 그러나 사람들은 아직도 미련을 버리지 못했습니다.

“용이 입은 상처가 아주 심했던 모양이야.” 어떤 사람들이 말했습니다.

“용에게 시간을 충분히 주지 않았어. 산악 지대까지는 아주 먼 길이고 아주 많은 짐을 날라야 할 테니까. 어쩌면 용이 도움을 받아야 했을 거야.” 다른 사람들이 말했습니다.

그러나 다음 날이 지났고 그다음 날도 지났습니다. 그제야 사람들은 희망을 모두 버렸습니다. 왕은 화가 나서 얼굴이 벌게졌지요. 먹을 것과 마실 것은 동났고 기사들은 큰 소리로 투덜거렸습니다. 그들은 즐거운 궁정으로 돌아가고 싶었던 거지요. 그러나 왕은 돈이 필요했습니다.

왕은 그의 충실한 백성들과 작별했습니다. 그러나 헤어질 때 그는 퉁명스럽고 날카로웠지요. 그리고 국고에서 돈으로 바꾸어 줄 나무 막대 절반을 취소했습니다. 왕은 농부 가일스에게 아주 쌀쌀맞게 대하고는 고개를 한 번 끄덕이고 그를 물러나

게 했습니다.

"나중에 소식을 듣게 될 걸세." 왕은 이렇게 말하고는 기사들과 트럼펫 주자들과 함께 말을 타고 달려가 버렸습니다.

단순한 마음으로 기대에 부풀어 있던 사람들은 곧 왕이 전갈을 보내어 아에기디우스를 궁정으로 불러들일 거라고 생각했습니다. 농부에게 적어도 기사 작위를 줄 거라고요. 일주일이 지나자 전갈이 왔습니다. 그러나 전혀 다른 내용이었지요. 세 통의 편지가 왔는데 한 통은 가일스에게, 또 한 통은 목사님에게, 또 다른 한 통은 교회 문에 붙이도록 보낸 것이었습니다. 그중에 쓸모가 있는 것이라고는 목사님에게 보낸 편지뿐이었지요. 공문서 서체가 특이했기 때문에, 햄의 주민들은 책에 나오는 라틴어와 매한가지로 그 글씨체를 알아볼 수 없었으니까요. 그러나 목사님은 그 편지를 흔한 말로 옮겨서 설교 중에 읽어 주었습니다. 그것은 (왕의 편지치고는) 매우 짧고 요점만 정확히 전달한 것이었지요. 왕은 서둘러 썼으니까요.

We Augustus B. A. A. P. and M. rex et cetera make known that we have determined, for the safety of our realm and for the keeping of our honour, that the worm or dragon styling himself Chrysophylax the Rich shall be sought out and condignly punished for his misdemeanours, torts, felonies, and foul perjury. All the knights of our Royal Household are hereby commanded to arm and make ready to ride upon this quest, so soon as Master Aegidius A. J. Agricola shall arrive at this our court. Inasmuch as the said Aegidius has proved himself a trusty man and well able to deal with giants, dragons, and other enemies of the King's peace, now therefore we command him to ride forth at once, and to join the company of our knights with all speed.

'짐 아우구스투스 B.A.A.P.M. 렉스 기타 등등은 왕국의 안전과 짐의 명예를 지키기 위해서, 스스로를 부유한 자 크리소필락스라고 부르는 뱀 혹은 용을 찾아내어 그의 무단 침입과 재물 훼손, 의무 위반, 살인과 방화, 거짓 맹세에 대해 적절한 처벌을 내리기로 결정했음을 알린다. 그러므로 궁정의 모든 기사들은 아에기디우스 A.J. 아그리콜라가 궁정에 도착하는 즉시 무장을 갖추고 원정을 떠나도록 명령한다. 전술한 아에기디우스는 충실한 신하이며 거인과 용

그리고 왕의 평화를 위협하는 다른 적들을 잘 물리칠 수 있음을 입증하였으므로, 이제 짐은 그가 즉시 출발하여 전속력으로 달려와 짐의 기사들에게 합류하기를 명한다.'

사람들은 이것이 엄청난 명예이며 기사 작위를 받는 것과 다름없다고 말했습니다. 방앗간 주인은 샘이 나서 이렇게 말했지요. "친애하는 아에기디우스는 이제 출셋길에 올랐소. 그가 돌아와서 우리 얼굴을 알아보기나 하면 다행이지."

"아마 못 알아보겠지." 대장장이가 말했습니다.

"자네 말이라면 이제 지긋지긋해, 이 늙은 말대가리야!" 농부는 화가 치밀어서 소리쳤습니다. "명예라고? 빌어먹을! 내가 돌아올 수만 있다면, 하다못해 방앗간 주인을 만나더라도 반갑겠지. 하지만 자네들 두 사람을 조금이라도 보고 싶어 할 거라고 생각하니 참 위안이 되는구먼." 이렇게 말하고 그는 가 버렸습니다.

하지만 이웃 사람들에게 하듯이 왕에게 핑계를 댈 수는 없는 일이었지요. 그래서 양이 새끼를 낳든 말든, 쟁기질을 해야 하든 말든, 젖을 짜고 물을 길어야 하든 말든, 그는 잿빛 암말에 올라타서 출발해야만 했습니다. 목사님이 그를 배웅했지요.

"튼튼한 밧줄을 가지고 가기 바라네." 목사님이 말했지요.

"무엇에 쓰게요? 내 목을 매달게요?" 가일스가 말했지요.

"물론 아니지! 용기를 갖게, 아에기디우스! 자네는 타고난 행운을 믿어도 될 듯하네. 그렇지만 긴 밧줄을 가지고 가게. 내 선견지명이 틀리지 않는다면 자네에게 밧줄이 필요할 거야. 자, 그럼 잘 가게. 그리고 안전하게 돌아오게!"

"네! 돌아와서 내 집과 밭이 모두 엉망진창인 꼴을 보게 되겠군요. 빌어먹을 용 같으니!" 가일스는 이렇게 말했습니다. 그러고는 둘둘 감은 밧줄 꾸러미를 안장 옆 가방에 쑤셔 넣고 말을 타고 떠났습니다.

농부는 개를 데리고 가지 않았지요. 감은 아침 내내 보이지 않는 곳에 꼭꼭 숨어 있었거든요. 그러나 주인이 떠나자 슬며시 집 안으로 들어왔지요. 밤새 울부짖었고 그래서 매를 맞았지만 그래도 계속 울부짖었습니다.

"도와주세요, 아, 도와줘요! 우리 주인님을 다시는

못 볼 거예요. 주인님은 아주 무섭고도 훌륭한 분이었는데. 나도 주인님과 같이 갔으면 좋았을걸. 정말이야.” 개는 이렇게 소리쳤습니다.

“입 닥쳐!” 농부의 아내가 말했지요. “그러지 않으면 주인님이 돌아오실지 아닐지 네 녀석이 살아서 보지도 못할 거야.”

대장장이는 개가 울부짖는 소리를 들었지요. “나쁜 징조야.” 그는 기분이 좋아 말했습니다.

여러 날이 지났지만 아무 소식도 들려오지 않았습니다. “무소식은 나쁜 소식이라니까.” 대장장이는 이렇게 말하고는 신이 나서 노래를 불렀지요.

농부 가일스는 지치고 먼지를 뒤집어쓴 채 궁정에 도착했습니다. 그런데 기사들이 번쩍이는 갑옷을 입고 빛나는 투구를 쓴 채 말 옆에 서 있었지요. 왕이 갑자기 소환한 데다 그들의 원정에 농부가 끼었기 때문에 그들은 몹시 화가 나서 왕의 명령을 문자 그대로 따르겠다고 주장했습니다. 그래서 가일스가 도착한 바로 그 순간에 출발하겠다는 것이었지요. 불쌍한 농부는 포도주에 적신 빵 한 조각 삼킬

틈도 없이 다시 길에 나섰습니다. 암말은 화가 났지요. 암말이 왕에 대해 어떻게 생각하는지를 말로 표현하지 않아 다행이었습니다. 대단히 불충한 생각이었으니까요.

이미 오후도 상당히 지난 시간이었습니다. '용 사냥에 나서기에는 너무 늦었어.' 가일스는 이렇게 생각했지요. 하지만 기사들은 멀리 가지도 않았습니다. 일단 출발하자 서두를 필요가 없었던 것이지요. 그들은 제멋대로 줄지어 한가롭게 길을 따라갔습니다. 기사들과 시종들, 하인들, 그리고 짐을 실은 조랑말들의 순서였지요. 농부 가일스는 지친 암말을 타고 뒤에서 터벅터벅 나아갔습니다.

저녁이 되자 그들은 행군을 멈추고 천막을 쳤습니다. 농부 가일스를 위해서는 무엇 하나 준비된 것이 없었기에 빌려 써야만 했습니다. 암말은 무척 분개했지요. 그리고 아우

구스투스 보니파키우스 왕가에 대한 충성심을 저버리기로 마음먹었습니다.

다음 날 그들은 계속해서 말을 달렸고 그다음 날도 마찬가지였습니다. 사흘째 되는 날에 저 멀리 칙칙하고 황량한 산악 지대가 어렴풋이 눈에 들어왔습니다. 오래지 않아 그들은 아우구스투스 보니파키우스의 왕권이 대체로 인정되지 않는 지역에 들어서게 되었지요. 그러자 그들은 더욱 조심하며 서로 가까이 붙어서 말을 달렸습니다.

나흘째 되는 날에는 '거친언덕'에 도착했습니다. 전설적인 생명체가 살고 있다고 알려진 수상쩍은 변경 지대였지요. 앞에서 달리던 어느 사람이 갑자기 개울 옆의 모래 바닥에 찍힌 불길한 발자국을 보았습니다. 그들은 농부를 불렀지요.

"이게 뭡니까, 아에기디우스 씨?" 그들이 물었습니다.

"용의 발자국입니다." 그가 대답했지요.

"앞장서시오!" 그들은 이렇게 말했지요.

그래서 이제 농부 가일스를 선두에 세우고 모두 서쪽으로 달렸습니다. 농부의 가죽 옷에 달린 사슬들이 찰랑거렸지요. 그러나 그 소리는 거의 문제가 되지 않았습니다. 기사들이 큰 소리로 웃으며 이야기를 나누었고 음유시인이 그들과 함께 말을 달리며 노래를 불렀으니까요. 이따금 기사들은 다 함께 크고 우렁찬 소리로 후렴구를 따라 불렀습니다. 그것이 용기를 북돋아 주기는 했지요. 훌륭한 노래였으니까요. 창술 시합보다 전투가 더 자주 벌어졌던 아주 오래전 옛날에 만들어진 노래였지요. 하지만 노래를 부르는 것은 현명한 일이 아니었습니다. 그들이 오고 있다는 사실을 이제 그 땅에 사는 모든 생명체가 알게 되었으니까요. 서쪽 동굴에서 용들은 귀를 곤두세웠지요. 이제 낮잠에 빠진 늙은 크리소필락스를 덮칠 가능성은 사라졌습니다.

마침내 일행이 검은 산의 그림자 속에 들어서게 되었을 때, 운 좋게도 (아니면 잿빛 암말이 바랐던 대로) 농부 가일스의 암말은 다리를 절게 되었습니다. 이제 그들은 가파른 바위산을 힘겹게 올라가며 점점 커지는 불안감을 느꼈지요. 암말은 대열에서 조금씩 뒤처졌습니다. 비틀거리고 절뚝거리면서도 슬픈 표정으로 꾹 참는 듯이 보여서 결국 농부 가일스는 말에서 내려 걸어가야 했습니다. 곧 그들은 짐을 실은 뒤쪽 조랑말들 사이에 끼게 되었지요. 그러나 아무도 농부와 암말을 주목하지 않았습니다. 기사들은 누가 앞장설 것인지 그리고 어떤 예법을 따를 것인지에 대해 토론하고 있었고, 그래서 관심이 다른 데 쏠려 있었던 것이지요. 그렇지 않았더라면 용의 발자국이 이제 선명해졌고 더 많아졌다는 것을 알아차렸을 겁니다.

사실 그들은 크리소필락스가 종종 배회하거나 공중에서 매일 날아다닌 후에 내려앉는 바로 그곳에 이른 것입니다. 나지막한 언덕들과 길 양옆의 비탈에는 불에 그슬리고 짓밟힌 흔적이 있었지요. 풀도 거의 없었고, 히스와 가시금작화의 비틀린 그루터기들이 재와 타 버린 흙에 덮인 넓은 땅 가운데 시커멓게 서 있었습니다. 오랫동안 그곳은 용들의 운동장이었지요. 그들 앞으로 검은 산이 불쑥 거대한 모습을 드러냈습니다.

농부 가일스는 암말 때문에 걱정이었지만 이제는 눈에 띄지 않을 핑곗거리가 생겨서 기뻤지요. 이렇게 황량하고 수상쩍은 곳에서 기마대의 선두에 서서 말을 달리는 일은 전혀 즐겁지 않았으니까요. 조금 지나자 그는 더욱 즐거워졌고, 그의 행운(그리고 그의 암말)을 고맙게 여겼습니다. 왜냐하면 바로 정오쯤 되었을 때(그날은 성촉일이었고 출발한 지 7일째 되는 날이었지요) 꼬리물어뜯개가 칼집에서 튀어나왔거든요. 동굴에서 용이 튀어나왔으니까요.

경고도 없이, 격식도 차리지 않고 용은 와락 덮치며 전투를 개시했습니다. 으르렁거리고 돌진하며 그들을 급습했지요. 집에서 멀리 떨어져 있을 때 그는 유서 깊은 황족 혈통에도 불구하고 사실 그리 용감한 모습을 보여 주지 못했습니다. 그러나 지금 그는 엄청난 분노에 사로잡혀 있었지요. 바로 자기 집 앞에서 싸우는 것이고 자신의 모든 보물을 지켜야 하니까요. 그는 무수한 벼락이 내리치듯 질풍 같은 소리를 내고 갑자기 붉은 번개를 일으키며 산 중턱을 돌아 나왔습니다.

선두에 대한 논의는 갑자기 중단되었지요. 말들이 이쪽저쪽으로 뒷걸음질 쳤고 몇몇 기사들은 말에서 굴러떨어졌습니다. 조랑말들과 짐들과 하인들은 뿔뿔이 흩어져서 재빨리 도망쳤습니다. 그들은 앞장을 서는 순서에 대해서 아무 의심도 없었으니까요.

갑자기 연기가 몰려와서 모두들 숨이 막혔습니다. 바로 그 연기 속에서 용이 행렬의 선두에 달려들었지요. 기사 몇 명은 정식으로 결투 신청을 해 보지도 못하고 살해되었습니다. 다른 기사 몇 명은 말과 다른 짐들과 함께 넘어져서

데굴데굴 굴렀습니다. 나머지 기사들의 경우에는, 말들이 기사들을 떠맡아 몸을 돌려 달아났지요. 기사들이 원했든 원하지 않았든 간에 그들의 주인을 태우고 말입니다. 사실 기사들은 대부분 원했지요.

그러나 늙은 잿빛 암말은 꼼짝도 하지 않았습니다. 어쩌면 그 말은 가파른 돌길에서 다리가 부러질까 봐 겁이 났는지 모릅니다. 어쩌면 너무 지쳐서 달아날 수 없었는지도 모르지요. 그 말은 뒤에서 쫓기는 것보다는 날아다니는 용을 정면에서 상대하는 편이 더 낫다는 사실을 뼛속 깊이 알고 있었습니다. 그리고 제대로 달아날 수 있으려면 경주마보다 더 빠른 속도로 달려야 한다는 것도 알았지요. 게다가 이 암말은 전에 크리소필락스를 본 적이 있었던 겁니다. 자기가 살던 시골에서 그 용을 추격하며 들판을 지나고 시내를 건너 마침내 용이 온순하게 마을 중심가에 엎어져 있었던 것을 기억했지요. 어떻든 그 말은 다리를 넓게 벌리고 서서 버텼습니다. 농부 가일스의 얼굴은 더없이 새파랗게 질렸지만 자기 말 옆에 가만히 서 있었지요. 달리 어쩔 도리가 없었으니까요.

이렇게 되어 용은 그 행렬을 따라 공격해 오다가 갑자기 바로 코앞에서 꼬리물어뜯개를 들고 서 있는 옛 원수를 보게 된 겁니다. 전혀 예상치 못한 일이었지요. 용은 커다란 박쥐처럼 옆으로 벗어나 길옆의 언덕 중턱에 맥없이 내려앉았습니다. 잿빛 암말은 절뚝거려야 하는 것을 새까맣게 잊고는 용을 좇아 올라갔습니다. 큰 용기를 얻은 농부 가일스는 급히 말의 등에 기어 올라갔습니다.

"미안하네만, 혹시 자네……." 농부가 물었습니다. "나를 찾고 있었나?"

"아뇨, 그럴 리가요!" 크리소필락스가 대답했습니다. "여기서 당신을 만나리라고 누가 상상이나 했겠어요? 나는 그저 이리저리 날아다니고 있었을 뿐이에요."

"그렇다면 우리가 만난 것은 순전히 우연이로군. 만나서 반갑네. 난 자네를 찾고 있었거든. 게다가 자네하고 담판을 지어야 할 일이 한 가지 있지. 제대로 말하자면 몇 가지라고 해야겠지만."

용은 콧방귀를 뀌었습니다. 농부 가일스는 뜨거운 콧김을 막으려고 팔을 쳐들었지요. 그러자 꼬리물어뜯개가 번쩍이며 돌진하여 위험할 정도로 바싹 다가가 용의 코를 겨냥했습니다.

"헤이!" 용은 이렇게 소리 지르며 콧방귀를 멈추었지요. 그가 떨면서 뒷걸음질 치자 몸속의 불이 전부 차갑게 식었습니다.

"바라건대, 저를 죽이려고 오신 것이 아니겠죠, 선량한 주인님?" 용은 애처롭게 낑낑거리며 말했습니다.

"아니! 아냐!" 농부가 말했지요. "나는 죽인다는 말은 한 마디도 하지 않았어." 잿빛 암말이 코를 킁킁거렸습니다.

"그렇다면 당신이 이 기사들하고 무엇을 하고 있었는지 여쭤 봐도 될까요?" 크리소필락스가 말했습니다. "우리가 기사들을 먼저 죽이지 않으면 그들은 언제나 우리 용들을 죽이니까요."

"나는 그들과 아무 관계도 없어. 그 기사들은 내게 아무것도 아니야." 가일스가 말했습니다. "그리고 어떻든 간에 기사들은 이제 모두 죽거나 달아나 버렸어. 자네가 지난 주현절에 말했던 것은 어떻게 되었지?"

"어떻게 되다니요?" 용은 걱정스러운 듯이 물었습니다.

"자네는 거의 한 달이나 늦었어." 가일스가 말했습니다. "지불 일자가 이미 지났단 말이야. 나는 그걸 받으러 왔어.

나를 이렇게 성가시게 한 것에 대해 용서를 빌어야 해."

"정말로 용서를 빕니다. 하지만 당신이 성가신 일을 무릅쓰며 오지 않았더라면 더 좋았을 텐데요."

"이번에는 자네 보물을 모두 가져가야겠어. 그리고 흥정의 속임수는 더는 안 돼." 가일스가 말했습니다. "그렇지 않으면 자네를 죽일 거야. 그리고 경고 삼아 자네 껍질을 교회 뾰족탑에 걸어 놓겠어."

"그건 몹시 잔인한 일이군요!" 용이 말했지요.

"약속은 약속이야." 가일스가 말했습니다.

"현물 지급을 감안해서 반지 한두 개와 작은 금덩어리

하나만 제가 갖고 있으면 안 될까요?" 용이 말했습니다.

"구리 단추 하나도 안 돼!" 가일스가 말했습니다. 이렇게 그들은 장에 나온 사람들처럼 잠시 흥정과 입씨름을 계속 했습니다. 하지만 그 결과를 여러분은 충분히 예상할 수 있겠지요. 왜냐하면 농부 가일스에 대해서 뭐라고 말하든 간에, 흥정에서 그를 이긴 사람은 없었으니까요.

용은 자기 동굴까지 내내 걸어가야 했습니다. 가일스가 바로 옆에 붙어 서서 꼬리물어뜯개를 꽉 잡고 있었으니까요. 산을 구불구불 돌아서 이어지는 좁은 길은 그들 둘이 걷기에 비좁았지요. 암말은 다소 생각에 잠긴 모습으로 바로 뒤에서 따라갔습니다.

한 걸음씩 걸었지만 8킬로미터가 넘는 길이었고 힘든 행군이었습니다. 가일스는 헐떡거리고 숨을 몰아쉬며 터벅터벅 걸었지만 그 뱀에게서 결코 눈을 떼지 않았지요. 마침내 산 서쪽 비탈에 있는 동굴 입구에 도착했습니다. 크고 위압적인 검은 대문이 달려 있었고, 거대

한 철제 기둥에 매달린 놋쇠 문들이 빙그르르 열렸습니다. 분명 오래전의 잊힌 시절에는 엄청난 세력과 자부심을 과시하던 곳이었을 겁니다. 용들은 그런 문을 만들지도 않고, 그런 갱도를 파지도 않았으니까요. 오히려, 가능하면, 옛날의 위대한 사람들이나 거인들의 무덤이나 보물 창고를 차지하고 살았지요. 안쪽으로 깊숙이 파인 이 동굴의 문은 활짝 열려 있었고, 그 문의 그림자에 이르자 그들은 멈춰 섰습니다. 지금까지 크리소필락스는 도망칠 기회가 없었지만, 이제 자기 집 문 앞에 이르자 펄쩍 앞으로 내달아 뛰어들어가려 했지요.

농부 가일스는 칼등으로 용을 내리쳤습니다. "와아!" 농부가 이렇게 말했지요. "자네가 들어가기 전에, 할 말이 있네. 자네가 귀중한 보물을 갖고 재빨리 밖으로 나오지 않는다면, 내가 자네를 좇아 들어가서 제일 먼저 꼬리부터 잘라 버리겠어."

암말은 킁킁거렸습니다. 세상의 돈을 다 가질 수 있다 하더라도 농부 가일스가 용의 굴속으로 혼자 들어가리라고는 상상할 수 없었으니까요. 그러나 크리소필락스는 그 말을 곧이곧대로 믿었지요. 꼬리물어뜯개가 번쩍거리며 날카로운 칼날을 드러내고 있었으니까요. 어쩌면 용의 생각이 옳았을 겁니다. 암말이 지혜롭기는 하지만 주인이 달라졌다는 사실을 아직 이해하지 못했으니까요. 농부 가일스에게는 행운이 따랐습니다. 그리고 용과 두 번째로 만난 지금, 자기에게 맞설 수 있는 용은 없다고 생각하게 되었지요.

어떻든 크리소필락스는 아주 빨리 밖으로 나왔습니다. 20파운드(트로이 단위로)어치 금과 은, 그리고 반지와 목걸이와 다른 예쁜 물건들이 든 상자를 가지고 있었지요.

"여기 있어요!" 용이 말했습니다.

"어디 말이야?" 가일스가 말했습니다. "이게 보물이라면, 이건 절반도 안 돼. 분명해! 네가 가진 보물의 반도 안 된다고."

"물론 아니지요!" 용은 예전에 마을에서 만났던 그날 이후로 농부가 똑똑해진 것 같았기에 약간 당황하며 말했습니다. "물론 아니에요! 하지만 그걸 한 번에 다 들고 나올 수는 없다고요."

"장담하건대, 두 번에도 안 될 거야." 농부가 말했지요. "다시 들어가. 그리고 재빨리 다시 나오라고. 그렇지 않으면 꼬리물어뜯개의 맛을 보여 줄 테니까!"

“안 돼요!” 용은 이렇게 말하며 쏙 들어갔다가 다시 재빨리 톡 튀어나왔습니다. “여기 있어요!” 용은 거대한 금덩어리 하나와 다이아몬드가 든 상자 두 개를 내려놓았습니다.

“자, 다시 해 봐!” 농부가 말했습니다. “더 열심히 하라고!”

“힘들어요, 정말 힘들다고요.” 용은 이렇게 말하며 다시 들어갔습니다.

그러나 이때쯤 잿빛 암말은 자신에 대한 염려와 걱정이 들기 시작했습니다. ‘이 무거운 짐들을 누가 집으로 나를지 궁금하군.’ 이런 생각을 하면서 암말이 자루들과 상자들을 한참 동안 슬픈 눈으로 바라보았기에 농부는 말의 마음을 알아차렸습니다.

“이봐, 조금도 걱정하지 말라고!” 농부가 말했습니다. “저 늙은 뱀이 나르게 할 테니까.”

“제발!” 가장 큰 짐을 들고 세 번째로 동굴에서 나오던 용이 이 말을 엿듣고 말했습니다. 이번에는 초록색과 붉은색 불처럼 빛나는 귀한 보석을 잔뜩 들고 있었지요. “제발 자비를 베풀어 주세요! 만일 내가 이것을 모두 옮겨야 한다면 죽을 지경일 거예요. 자루가 하나라도 더 많아지면 절대로 운반할 수 없어요. 당신이 나를 죽인다고 해도 안 돼요."

"그렇다면 아직 더 남아 있단 말이로군, 그렇지?" 농부가 물었습니다.

"그래요. 내 품위를 겨우 유지할 만큼 남아 있어요." 아주 드문 일이지만 놀랍게도 용은 진실에 가깝게 말했고, 이것이 결국은 현명한 처사였습니다. "당신이 내게 남아 있는 보물을 그냥 내버려 둔다면, 나는 영원히 당신의 친구가 되겠어요. 그리고 이 보물을 모두 날라서 왕궁이 아니라 당신의 집으로 가져다 드리지요. 게다가 당신이 이 보물을 지키도록 돕겠어요." 용은 대단히 꾀를 쓰며 말했습니다.

그러자 농부는 왼손으로 이쑤시개를 꺼냈고 1분간 아주 열심히 생각했습니다. 그러고는 말했지요. "좋아, 네 조건을 수락하지!" 이것은 농부에게 칭찬할 만한 분별력이 있음을 보여 주는 말이었습니다. 만약 그가 기사였다면 끝까지 버티면서 보물을 모두 요구했을 테고, 그랬더라면 보물에 얽힌 저주까지 받게 되었겠지요. 그리고 그 뱀을 절망에 빠지게 했더라면, 그 뱀은 꼬리물어뜯개가 있든 없든 간에 결국에는 마음을 바꿔서 싸우려고 덤벼들었겠지요. 그럴 경우에 가일스는 설사 자신이 살해되지 않더라도 짐꾼을 죽여야만 했을 테고 그러면 그가 얻은 최고의 수확을 산속에 버려두어야만 했을 겁니다.

자, 이렇게 해서 결정이 났습니다. 농부는 일이 잘못될 경우에 대비해서 주머니마다 보석들을 가득 채웠습니다. 그러고는 암말의 등에 조그만 짐을 실어 나르게 했지요. 나머지는 모두 상자와 자루에 넣어 크리소필락스의 등에 묶었습니다. 마침내 용은 왕의 가구 운반차처럼 보이게 되었지요. 그 짐이 너무 무거웠기에 날 수도 없었습니다. 게다가 가일스는 용의 날개를 아래로 묶어 버렸던 겁니다.

'이 밧줄이 결국 큰 쓸모가 있었군!' 그는 이렇게 생각하며 고마운 마음으로 목사님을 떠올렸습니다.

이렇게 되어 용은 숨을 몰아쉬고 헐떡거리면서 종종걸음으로 출발했습니다. 그의 꼬리 뒤에서 암말이 따라갔고 농부는 아주 빛나고 위협적인 카우디모르닥스를 붙잡고 있었지요. 용은 감히 속임수를 쓰려고 하지 않았습니다.

짐을 지고 있기는 했지만 암말과 용은 기마대가 올 때보다 훨씬 빨리 돌아갈 수 있었습니다. 농부 가일스가 서두르고 있었으니까요. 무엇보다도 가방 안에 남은 음식이 거의 없었기 때문이었습니다. 농부는 크리소필락스가 꼭 지켜야 했던 엄숙한 맹세를 깨뜨린 다음이었기에 그 용을 믿지 않았지요. 그리고 밤사이에 살해를 당하거나 큰 손실을 보는 일이 없으려면 어떻게 해야 할지도 큰 걱정이었습니다. 그런데 그날 밤이 되기 전에 그에게 또다시 행운이 찾아왔습니다. 황급히 도망쳤다가 거친언덕에서 어쩔 줄 모르고 헤매던 하인 여섯 명과 조랑말들을 따라잡은 것입니다. 그들이 놀라고 겁에 질려 뿔뿔이 달아났지만 가일스는 그들을 소리쳐 불렀습니다.

"이보게, 젊은이들! 돌아오게! 자네들에게 일거리를 주겠네. 이 큰돈이 있는 한 급료를 잘 쳐주지."

그래서 그들은 농부에게 고용되었습니다. 그들은 안내인을 얻게 되어 기뻤고 이제 전보다 더욱 정기적으로 급료를 받을 수 있겠다고 생각했지요. 그러고 나서 그들은 길을 나섰습니다. 사람 일곱 명, 조랑말 여섯 마리, 암말 한 마리, 그리고 용 한 마리였지요. 가일스는 군주라도 된 듯한 기분

으로 가슴을 쑥 내밀었습니다. 그들은 가급적 멈추지 않고 행군을 계속했지요. 밤이면 농부 가일스는 네 개의 말뚝에 용의 다리를 하나씩 밧줄로 묶었고, 세 사람이 교대로 감시하게 했습니다. 하지만 잿빛 암말은 사람들이 그들 나름의 속임수를 쓸까 봐 한쪽 눈을 반쯤 뜨고 있었지요.

사흘이 지나자 그들은 그들 나라의 경계 지역에 들어서게 되었습니다. 그들이 도착하자, 두 바다 사이의 땅에서 과거 어느 때에도 볼 수 없었던 엄청난 소동과 환호성이 일었습니다. 그들이 들른 첫 번째 마을에서는 음식이 공짜로 빗발치듯 쏟아졌습니다. 그리고 젊은이들 절반은 이 행렬에 끼고 싶어 했지요. 가일스는 유망하게 보이는 젊은이 열두 명을 골랐습니다. 그들에게 급료를 잘 주겠다고 약속하고 그들이 탈 말을 사 주었습니다. 가일스의 마음속에 새로운 생각이 떠오른 것이지요.

하루를 쉬고 나서 그는 새로운 수행원들을 뒤에 거느리고 다시 말을 달렸습니다. 그들은 가일스를 칭송하는 노래를 불렀지요. 변변치 못한 노래였지만 농부의 귀에는 멋지게 들렸습니다. 어떤 사람들은 환호했고 다른 사람들은 웃었지요. 놀랍고도 유쾌한 광경이었습니다.

곧 농부 가일스는 남쪽으로 방향을 돌려서 자기 집 쪽으로 나아갔습니다. 왕의 궁전에는 가까이 가지도 않고, 전갈도 보내지 않았지요. 하지만 아에기디우스 씨가 돌아왔다는 소식은 서쪽에서부터 불길처럼 퍼져 나갔습니다. 그러자 사람들은 무척 놀라고 혼란스러웠지요. 용감한 기사들이 산악 지대에서 쓰러져 죽었으므로 모든 마을과 도시에서 그들을 애도해야 한다고 왕이 공표한 직후에 농부가 들이닥쳤으니까요.

가일스가 도착한 곳은 어디든 애도의 물결이 사라졌습니다. 교회의 종이 울리고 사람들은 길가에 모여 환성을 지르며 모자와 목도리를 흔들었지요. 하지만 그 불쌍한 용에게

는 야유를 보냈기에 용은 자기 거래를 몹시 후회하게 되었습니다. 유서 깊은 황족의 혈통을 이어받은 용에게 몹시 굴욕적인 일이었지요. 그 일행이 햄에 돌아왔을 때 개들은 모두 비웃듯이 용에게 짖어 댔습니다. 감만 빼고 말입니다. 그는 오로지 주인만 쳐다보고 주인의 말을 듣고 주인의 냄새를 맡았지요. 사실 그 개는 완전히 얼이 빠져서 길거리에서 계속 공중제비를 돌았습니다.

물론 햄의 주민들은 놀라울 정도로 농부를 환영했습니다. 그러나 농부에게 가장 즐거운 일은 방앗간 주인이 조롱을 받아 어쩔 줄 몰라 하고 대장장이가 체면을 잃어 쩔쩔매고 있다는 것이었지요.

“이 일로 다 끝난 게 아니야. 내 말을 잘 들으라고!” 대장장이는 이렇게 말했지만 더 나쁜 말을 생각해 낼 수 없어 침울하게 고개를 숙였습니다. 농부 가일스는 여섯 명의 하인, 열두 명의 유망한 젊은이, 용, 그 밖의 다른 것들과 함께 언덕 위로 올라갔습니다. 그곳에서 그들은 한동안 조용히 지냈지요. 그 집에 초대받은 사람이라고는 목사님밖에 없었습니다.

곧 그 소식은 수도에 전해졌습니다. 공식적인 애도뿐 아니라 할 일도 잊어버리고 사람들은 거리에 모여 소리 지르며 떠들썩하게 굴었지요.

커다란 왕궁에 앉아서 왕은 손톱을 물어뜯고 수염을 잡아당기고 있었습니다. 슬픔과 분노(그리고 금전적인 걱정)로 무섭게 얼굴을 찡그리고 있었기에 어느 누구도 감히 말을 걸 수 없었지요. 그러나 마침내 길거리의 떠들썩한 소리가 그의 귀에도 들려왔습니다. 애도나 통곡처럼 들리지 않는 소리였지요.

"이 떠들석한 소리는 다 뭐냐?" 왕이 말했습니다. "사람들에게 집 안으로 들어가서 점잖게 애도하라고 해! 거위 장날에 꽥꽥거리는 거위들 같군."

"용이 돌아왔답니다, 폐하." 사람들이 대답했습니다.

"뭐라고! 기사들, 아니, 기사들 중에 남은 사람들을 소집해라!"

"그럴 필요 없습니다, 폐하." 그들이 대답했지요. "아에기디우스 님이 뒤에서 버티고 있으면 용은 양순하니까요. 아니, 그렇게 들었습니다. 그 소식이 들어온 지 얼마 되지 않았습니다. 그런데 이야기들이 제각각입니다."

"이럴 수가!" 왕은 마음을 놓은 듯이 말했습니다. "그런데 짐은 내일모레 그 녀석을 위해서 애도가를 부르라고 명령했단 말이다! 그걸 취소해라! 짐의 보물이 돌아올 기미는 있는 거냐?"

"정말로 산채만 한 보물이 있다는 소식입니다, 폐하." 그

들이 대답했습니다.

"언제 도착한다고 하느냐?" 왕은 갈망하듯 물었습니다. "이 아에기디우스라는 작자는 좋은 녀석이야. 그가 도착하자마자 짐에게 보내라."

하지만 이 질문에 대한 대답은 금방 나오지 않았습니다. 마침내 어떤 사람이 용기를 내어 말했습니다. "죄송합니다, 폐하. 그 농부가 자기 집 쪽으로 방향을 돌렸다고 들었습니다. 하지만 틀림없이 적절한 의복을 갖춰 입고 기회가 되는 대로 서둘러 올 것입니다."

"물론 그렇겠지. 하지만 제기랄, 의복이라고! 그 녀석은 보고도 하지 않고 집에 갈 권리가 없단 말이다. 짐은 몹시 불쾌하구나."

첫 번째 기회가 왔지만 그냥 지나갔습니다. 그다음에도 여러 번 기회가 왔다가 가 버렸지요. 실은 농부 가일스가 집에 돌아온 지 일주일이 족히 지났지만 그의 전갈도, 그에 대한 소식도 궁정에 전해지지 않았습니다.

열흘째 되는 날 왕의 분노가 폭발했지요. "그 녀석을 불러와!" 왕이 이렇게 말하자 사람들이 출발했습니다. 햄까지는 말을 타고 꼬박 하루가 걸리는 거리였지요. 왕복으로 각각 말입니다.

"오지 않겠다고 합니다, 폐하!" 이틀이 지난 후 사신이 떨면서 말했습니다.

"벼락 맞을 놈!" 왕이 말했습니다. "그놈에게 다음 화요일에 오라고 전해라. 그러지 않으면 평생 감방에 처박혀 있게 해 주지!"

"죄송합니다, 폐하. 그래도 그놈이 여전히 오지 않겠다고 합니다." 참으로 불쌍한 사신이 화요일에 혼자 돌아와서 말했습니다.

"천만번이나 벼락 맞을 놈!" 왕이 말했습니다. "대신 이 바보를 감방에 집어넣어! 이제 다른 사람들을 보내서 그 시골뜨기를 족쇄에 채워 끌고 오게 해라!" 왕은 가까이 있는 사람들에게 호통쳤습니다.

"몇 명이나 보내야 할까요?" 사람들은 머뭇거리며 물었지요. "용도 있고, 그리고…… 그리고 꼬리물어뜯개도 있고, 그리고……."

"허튼수작들이야!" 왕이 말했습니다. 그러고는 자기 백마를 대령시키고 그의 기사들(아니, 기사들 중에서 남은 사람들)과 무장 군인들을 소집했습니다. 그리고 불같이 화를 내며 말을 달렸지요. 사람들이 모두 놀라 집 밖으로 뛰쳐나왔습니다.

그러나 농부 가일스는 이제 그저 시골의 영웅에 그치지 않았습니다. 그는 온 나라의 총아였지요. 사람들은 아직 왕에게 모자를 벗어 경의를 표하긴 했지만 기사들과 군인들이 지나갈 때는 환호를 보내지 않았습니다. 햄에 점점 가까워질수록 왕의 표정은 점점 더 찌무룩해졌습니다. 어떤 마을에서는 사람들이 문을 닫아걸었고 한 사람도 얼굴을 내비치지 않았지요.

그러자 왕의 감정은 뜨거운 격노에서 차가운 분노로 바뀌었습니다. 마침내 그 너머 햄과 그 농부의 집이 있는 강으로 말을 달리면서 그는 음울한 표정을 띠었지요. 그곳을 다 불태워 버리겠다고 마음먹었습니다. 그러나 꼬리물어뜯개를 손에 든 농부 가일스가 잿빛 암말을 타고 다리 위에서 있었지요. 그 외에는 아무것도 보이지 않았습니다. 그저 감이 길바닥에 누워 있을 뿐이었지요.

"좋은 아침입니다, 폐하!" 가일스는 왕이 먼저 말하기를 기다리지도 않고 대낮같이 쾌활하게 말했습니다.

왕은 차가운 눈으로 그를 바라보았지요. "네 태도는 짐의 면전에서 예법에 맞지 않아." 왕이 말했지요. "하지만 그렇다고 해서 너를 부르러 보냈을 때 오지 않아도 되는 것은 아니야."

"그건 생각도 못 했는데요, 폐하. 사실입니다." 가일스가 말했습니다. "저는 보살펴야 할 일이 많거든요. 그런데 폐하의 잔심부름을 하느라 시간을 많이 허비했지요."

"천만번이나 벼락 맞을 놈!" 왕은 다시 뜨거운 분노에 사로잡혀 소리쳤습니다. "꺼져라, 이 시건방진 놈아! 네놈은 이제 보상을 전혀 받지 못할 거야. 네놈이 교수형만 피할 수 있어도 운이 좋은 거다. 네놈이 지금 바로 이 자리에서 짐의 용서를 빌지 않는다면, 그리고 짐에게 짐의 칼을 돌려주지 않는다면, 네놈을 목매달겠다."

"어?" 가일스가 말했습니다. "저는 보상을 받았다고 생각하는데요. 찾는 사람이 임자고, 임자가 주인이지요. 여기 사는 사람들은 그렇게 말합니다. 그리고 꼬리물어뜯개는 폐하의 신하들보다는 제가 갖고 있는 편이 더 나을 겁니다. 그런데 혹시, 이 기사들과 사람들은 왜 데리고 오셨나요?"

가일스가 물었습니다. "만약 폐하께서 방문차 오셨다면, 사람들을 조금 데리고 왔어야 환영받겠지요. 만약 저를 끌어가고 싶으시다면, 더 많이 데리고 왔어야지요."

왕은 숨이 막혔습니다. 기사들은 얼굴이 시뻘게져서 콧잔등을 내려다보고 있었지요. 어떤 군인들은 씩 웃었습니다. 그들은 왕의 등 뒤에 서 있었으니까요.

"내 칼 돌려줘!" 왕은 소리쳤습니다. 마침내 목소리가 나왔지만 '짐'이라고 말하는 것도 잊었지요.

"당신의 왕관을 짐에게 주게!" 가일스가 말했습니다. '가운데 왕국'의 역사를 통틀어 예전에 한 번도 들어 본 적이 없던 어마어마한 말이었지요.

"벼락 맞을 놈! 저놈을 잡아서 묶어라!" 당연히 왕은 참을 수 없이 화가 나서 소리쳤습니다. "왜 우물쭈물하는 거냐? 저놈을 붙잡든지 죽여 버려!"

무장한 군인들이 앞으로 돌진했습니다.

"도와주세요! 도와줘요! 도와줘요!" 감이 소리쳤습니다.

바로 그 순간에 용이 다리 밑에서 올라왔습니다. 용은 멀리 떨어진 강둑 아래 깊은 강물 속에 숨어 있었거든요. 이제 그는 끔찍하게도 많은 수증기를 내뿜었지요. 물을 엄청 마셨으니까요. 그 즉시 짙은 안개가 끼었고, 그 속에서 용의 붉은 눈 외에는 아무것도 보이지 않았습니다.

"집으로 돌아가, 이 바보들아!" 용이 고함을 질렀습니다. "그러지 않으면 너희들을 산산조각으로 찢어 주지. 저기 산 고갯길에 기사들이 차갑게 식어 누워 있어. 이제 곧 강 속에 더 많이 누워 있게 해 주마. 왕의 말들과 군인들 모두 말이

야!" 용은 으르렁거렸지요.

그러고 나서 용은 돌진하여 왕의 백마를 발톱으로 찔렀습니다. 그러자 백마는 왕이 그토록 자주 언급한 천만번의 번개처럼 황급히 질주했습니다. 다른 말들도 재빨리 그 뒤를 따랐지요. 어떤 말들은 전에 그 용을 본 적이 있었고 그 기억이 마음에 들지 않았던 것입니다. 무장한 군인들은 가급적 햄이 아닌 곳으로 가도록 말을 몰았습니다.

백마는 살짝 긁혔을 뿐이었지요. 그리고 멀리 달아날 수 없었습니다. 잠시 후에 왕이 말을 돌려세웠으니까요. 왕은 어떻든 자기 말의 주인이었지요. 그리고 땅 위의 인간이든 용이든 간에 왕이 두려워하는 것이 있다고는 누구도 말할 수 없었습니다. 왕이 돌아왔을 때 안개는 이미 사라진 다음이었지요. 그러나 그의 기사들과 군인들도 마찬가지로 사라졌습니다. 이제 옆에 용이 버티고 있는 가운데 꼬리물어뜯개를 들고 있는 건장한 농부와 단둘이 이야기를 하려니 상황이 전과는 완전히 달라진 것 같았지요.

그러나 이야기를 해 봐야 아무 소용도 없었습니다. 농부 가일스는 완강했지요. 그는 양보하려 들지 않았습니다. 바로 그 자리에서 당장 단둘이 결투를 벌이자고 왕이 도전했지만 그는 싸우려 들지 않았습니다.

"아니요, 폐하!" 가일스는 웃으면서 말했습니다. "집으로 돌아가서 화를 가라앉히십시오! 나는 폐하를 다치게 하고 싶지 않으니까요. 하지만 폐하께서는 돌아가시는 게 좋겠습니다. 그러지 않으면 저 뱀이 어떤 짓을 할지 책임질 수 없습니다. 안녕히!"

이렇게 해서 햄의 다리 전투는 끝났습니다. 왕은 그 보물 더미에서 동전 한 닢도 얻지 못했고 농부 가일스에게서 사과의 말 한 마디도 듣지 못했습니다. 농부는 스스로를 대단하게 생각하게 되었지요. 더군다나 그날부터 '가운데 왕국'은 그 지역에서 세력을 잃게 되었습니다. 근방에 사는 사람

들은 가일스를 자기들의 군주로 여겼으니까요. 왕의 칭호가 아무리 많다 하더라도 반역자 아에기디우스를 잡아 오도록 사람을 보낼 수도 없었습니다. 농부는 그 나라의 총아가 되었고 사람들은 그에 대한 노래를 지어 불렀습니다. 가일스의 업적을 칭송하는 노래를 모두 금지할 수는 없었지요. 가장 인기 있는 노래는 다리 위의 결전을 다룬 시였고, 2행 영웅시 체로 100연이나 이어졌습니다.

크리소필락스는 햄에 오랫동안 머물면서 가일스에게 큰 이득을 주었습니다. 순하게 길든 용을 부리는 사람이라면 당연히 존중을 받을 테니까요. 그는 목사님의 허락을 받아서 십일조 곡식을 저장하던 광을 용의 집으로 만들었고, 열두 명의 유망한 젊은이들이 그곳을 지켰습니다. 이렇게 되어 가일스의 첫 번째 칭호가 생겼습니다. 즉, '도미누스 드 도미토 세르펜테'인데 그것을 토속어로 옮기면 '테임('길들인'이라는 뜻—역자 주) 뱀의 영주' 또는 짧게 말하면 '테임의 영주'입니다. 그는 이 칭호로 널리 존경을 받았지요. 그러나 그는 계속해서 왕에게 이름뿐인 공물을 바쳤습니다. 다리 위에서 결전이 벌어진 날인 마티아스 성인 축일에 쇠꼬리 여섯 점과 쓴 맥주 한 잔을 보냈지요. 하지만 오래지 않아 그의 지위는 영주에서 백작으로 높아졌고, '테임 백작'의 허리띠는 정말이지 대단히 길었습니다.

여러 해가 지난 후 그는 율리우스 아에기디우스 대공이 되었고 공물을 보내는 것을 그만두었습니다. 가일스는 엄청난 부자였으므로 매우 장대한 궁전을 지었고 힘센 군인들을 모았습니다. 군인들은 무척 밝고 화려했습니다. 그들의 갑옷과 무기는 돈으로 살 수 있는 최고급품이었으니까요. 열두 명의 유망한 젊은이들은 모두 대장이 되었습니다. 감은 금목걸이를 받았고, 살아 있는 동안 당당하고 행복하게 마음껏 돌아다녔습니다. 다른 개들에게는 밉상이었지요. 감은 그 무섭고 훌륭한 주인님에게 마땅히 바쳐야 할 존경심을 자기에게도 바치라고 다른 개들에게 요구했으니까요. 잿빛 암말은 평화롭게 여생을 마쳤고 무슨 생각을 하고 있는지 전혀 내색하지 않았습니다.

물론, 결국에 가일스는 왕이 되었습니다. '작은 왕국'의 왕이었지요. 그는 햄에서 아에기디우스 드라코나리우스라는 이름으로 왕위에 올랐

습니다. 그러나 늙은 가일스 워밍이라는 이름이 더 자주 쓰였지요. 그의 궁정에서는 토착어가 유행했으니까요. 그는 책에 나오는 라틴어를 전혀 쓰지 않았습니다. 그의 아내는 큰 체구에 당당한 왕비가 되었지요. 왕비는 가사 문제에 무척 엄격했습니다. 아가타 왕비의 눈을 피해 에둘러 가는 것은 불가능했습니다. 적어도 한참을 둘러 가야 했지요.

그리하여 가일스는 마침내 존경받을 나이가 되었고 흰 수염이 무릎까지 늘어졌습니다. 그의 궁정은 (공덕을 종종 보상해 주는) 훌륭한 곳이 되었고, 기사들은 완전히 새로운 기사단으로 조직되었습니다. 이들은 뱀 경비대가 되었고 그들의 기장에는 용이 그려졌습니다. 열두 명의 유망한 젊은이들은 그 경비대의 상관이 되었지요.

가일스가 성공한 것은 대체로 운이 좋아서였다고 인정해야겠지요. 행운을 이용하는 데 약간 남다른 재치를 보여 주기는 했지만 말이지요. 그 행운과 재치는 그가 죽는 날까지도 사라지지 않았습니다. 그래서 친구들과 이웃들에게 큰 혜택을 주었지요. 가일스는 목사님에게 아주 풍족하게 보답했습니다. 심지어 대장장이와 방앗간 주인도 약간이나마 혜택을 입을 수 있었지요. 가일스는 너그럽게 베풀어 줄 여

유가 있었으니까요. 그러나 왕이 된 후 그는 불쾌한 예언을 금지하는 강력한 법을 공표했고, 방앗간 제분업을 왕의 독점 사업으로 만들었습니다. 대장장이는 장의사로 직업을 바꾸었지만, 방앗간 주인은 아첨을 잘하는 신하가 되었지요. 목사님은 주교가 되었고 햄의 교회에 주교관을 세웠습니다. 그 교회는 상당히 번창했지요.

자, 지금도 '작은 왕국'의 영토에 살고 있는 사람들은 몇몇 도시와 마을의 현재 명칭에 관한 내력을 이 역사에서 정확히 찾아볼 수 있겠지요. 이 문제에 대해서 학자들은 이렇게 설명합니다. 햄은 새 왕국의 중심이 되었는데, '햄Ham의 영주'와 '테임Tame의 영주'라는 말이 자연스럽게 혼용되면서 후자로 알려지게 되었고 그 이름이 오늘날까지 남게 되었다는 것이지요. '테임Thame'의 h는 아무 이유도 없이 어리석게 들어간 것이었습니다. 한편, 자신들에게 명성과 행운을 가져다준 용을 기념하기 위해서 드라코나리우스 가족은 테임에서 북서쪽으로 7킬로미터 떨어진 곳에 커다란 집을 지었습니다. 바로 가일스와 크리소필락스가 처음 만난 곳이었지요. 그곳은 왕의 이름과 기장을 따라서 '아울라 드라코나리아'로, 또는 토속어로 '워밍홀Worminghall'이라는 이름으로 왕국 전역에 알려졌습니다.

그 후로 지형이 바뀌었고 왕국은 생겼다가 사라졌습니다. 숲들은 쓰러지고 강들은 물길을 돌렸지요. 언덕들이 남았지만 빗물과 바람에 씻겨 내렸습니다. 하지만 아직도 그 이름들은 남아 있지요. 비록 지금은 '워늘Wunnle'이라 불리지만(그렇게 들었습니다) 말입니다. 마을들도 전성기를 지나 몰락했으니까요. 그렇지만 이 이야기에 나오는 시절에는 워밍홀이었고, 왕좌였으며, 용의 기장이 언덕 위에서 휘날렸지요. 그곳에서는 모든 일이 즐겁게 잘 풀려나갔습니다.

꼬리물어뜯개가 지상에 있는 동안에는 말이지요.

Envoy

맺는말

크리소필락스는 자기를 풀어 달라고 종종 간청했습니다. 그리고 용에게 먹이를 대는 것도 돈이 많이 드는 일이었지요. 용은 나무처럼 계속 자랐으니까요. 생명이 붙어 있는 한 용들은 그렇게 점점 커집니다. 그래서 몇 년이 지난 후 확고하게 안정을 얻었다고 느끼자 가일스는 그 불쌍한 뱀에게 집으로 돌아가도록 허락해 주었습니다. 그들은 상호 불가침 조약을 맺고 서로에 대한 존중심을 여러 차례 표명한 후에 헤어졌습니다. 그 사악한 마음속에서 용은 그래도 가일스에 대한 친절한 감정을 품고 있었습니다. 용이 인간에 대해 느낄 수 있는 최대한의 호의였지요. 그리고 어쨌든 꼬리물어뜯개가 있었습니다. 그의 목숨도 쉽게 뺏을 수 있었을 테고 그의 보물도 모두 빼앗을 수 있었겠지요. 사실 용의 동굴에는 아직도 보물이 (가일스가 그러리라고 짐작했듯이) 상당히 많이 남아 있었으니까요.

용은 천천히 힘겹게 산악 지대로 날아갔습니다. 오랫동안 사용하지 않아서 날개가 뻣뻣해졌고 체구와 비늘이 무척이나 커졌기 때문이었지요. 집에 도착하자마자 크리소필락스는 자기가 없는 사이에 대담하게 자기 동굴을 차지한 젊은 용을 몰아냈습니다. 그 싸움의 소음이 베네도티아 전역에 울려 퍼졌다고 합니다. 아주 만족스럽게도 젊은 용을 물리쳐서 삼켜 버리고 나자 그는 기분이 좋아졌습니다. 자기가 겪은 수모의 상처를 달래고 난 후 오랫동안 잠을 잤습니다. 그러나 마침내 갑자기 깨어나서는 오래전 어느 여름밤에 이 온갖 소동을 일으킨 장본인인 그 어리석고 키 큰 거인을 찾아 나섰습니다. 용은 자기가 생각하는 바를 거인에게 말해 주었지요. 그 불쌍한 거인은 코가 납작해졌습니다.

"그게 나팔총이었다고요?" 거인은 머리를 긁적거리며 말했지요. "나는 말파리인 줄 알았는데!"

Finis

종결

토속어로

끝

첫 번째 (수기) 원고

그러자 아빠가 이야기를 시작하셨고, 이런 이야기를 들려주셨다.

옛날에 거인이 있었단다. 아주 큰 거인이었어. 그의 지팡이는 나무 몸통 같았고, 그의 발은 아주, 아주 넓적했지. 그가 이 길로 걸어오면 길에 큰 구덩이가 생겼을 거야. 만일 그가 우리 정원을 짓밟았다면 완전히 찌부러졌을 거란다. 그가 우리 집에 부딪혔더라면 집이 남아나지 않았을 거야. 그런데 그 거인은 곧잘 집에 부딪혔을 거란다. 그의 머리가 지붕 위로 높이 솟구쳐서 자기 발이 어디로 가는지 보이지 않았으니까.

다행히도 그 거인은 여기서 먼 곳에 살았단다. 사람들이 사는 곳에서는 멀리 떨어져 있었지. 산속에 커다란 거인 집이 있었어. 그런데 그는 친구가 거의 없어서 언덕과 산기슭의 텅 빈 곳들을 혼자서 산책하곤 했지.

어느 날인가 그는 걷고 또 걷다가 갑자기 저녁을 먹을 때가 되었다는 것을 알았어. 그래서 집에 가려고 몸을 돌려 걷고 또 걸었는데 완전히 깜깜해졌단다. 그제야 길을 잃었다는 것을 알았지. 그가 전혀 알지 못하는 지역에 있었던 거야. 그래서 그는 앉아서 달이 뜨기를 기다렸단다. 그런 다음에 달빛을 받으며 걷고 또 걸었지만, 잘못된 방향으로 걷고 또 걷고 있다는 것을 알지 못했어. 사람들이 사는 곳, 특히 농부 가일스의 농장과 햄이라 불리는 마을에 점점 다가가고 있다는 것을 몰랐단다.

따뜻한 밤이었고 암소들이 들판에 있었단다. 농부 가일스의 개가 밖에 나와서 혼자 (그가 해서는 안 되는) 긴 산책을 즐겼단다. 토끼들이 달빛을 좋아한다는 것을 알고 있었거든. 하지만 거인도 산책을 나왔다는 것은 물론 알지 못했어.

거인은 이제 농부 가일스의 밭에 들어와서 산울타리를 몹시 끔찍하게도 짓밟고 있었어. 그 개는 강 옆의 골짜기를 따라가다가 쿵쿵 소리를 듣고는 무슨 일인지 알아보려고 언덕 언저리를 돌아갔단다.

갑자기 강을 막 건너서 농부가 가장 좋아하는 암소 한 마리를 짓밟는 거인이 보였어. 그 불쌍한 암소는 너희가 찌부러뜨리는 딱정벌레처럼 납작하게 찌부러졌단다.

그것을 보고 그 개는 참을 수 없었지. 겁에 질려 깨갱 하고는 쏜살같이 집으로 달려갔단다. 자기가 밖에 있어서는 안 된다는 것도 완전히 잊고 농부 가일스의 침실 창문 밖에서 짖어 대고 소리를 질렀어.

농부 가일스의 머리가 툭 튀어나왔지.

"이 개야, 대체 뭘 하는 거야?" 그가 말했어.

"아무것도 안 해요." 개가 말했지. "그런데 우리 들판에 거인이 있어요. 그가 끔찍한 일을 저지르고 있어요. 주인님의 암소들을 짓밟고요. 주인님이 당장 일어나서 아주 용감한 일을 하지 않으면, 산울타리도, 밀도, 양도, 암소도 남아나지 않을 거예요." 그러고 나서 개는 울부짖기 시작했단다.

"닥쳐!" 농부는 이렇게 말하고 창문을 닫았어. 그런데 따뜻한 밤이었지만 온몸이 부들부들 떨리고 흔들렸지. 하지만 자기 암소에 대해서는 몹시 걱정이 되었어. 어쩌면 농부는 정말로 거인이 왔다고, 개의 말처럼 진짜 큰 거인이 왔다고는 믿지 않았을 거야.

그래서 그는 부엌에 들어가 벽에 걸린 나팔총을 내렸지.

"나팔총이 뭐예요, 아빠?"

"나팔총은 크고 뚱뚱한 총이란다. 나팔 끝처럼 입구가 넓게 벌어져 있지. 펑 하고 엄청나게 큰 소리를 내며 발사하는데 어쩌다 겨냥한 것을 맞히기도 한단다."

그래서 농부 가일스는 나팔총을 내려서 그 넓은 입구에 낡은 못들과 탄환 조각들, 부서진 찻주전자 조각, 그리고 낡은 사슬, 뼈와 돌멩이, 그리고 많은 탈지면을 쑤셔 넣었지. 그리고 다른 쪽 끝에 화약을 넣고는 장화를 신고 외투를 입은 후 정원으로 나갔단다.

달빛 외에는 아무것도 보이지 않았어. 그런데 언덕을 올라오는 무시무시한 쿵쿵 소리가 들리는 것 같았지. 그는 아주 용감한 일을 해야 한다고 했던 개의 말을 떠올렸단다. 그래서 (용감해지고 싶은 마음이 전혀 없었지만) 언덕 언저리로 걸어갔단다.

바로 그 순간에 언덕 꼭대기 위로 거인의 얼굴이 나타났단다(그의 발은 아직 저 뒤에서 밭을 쑥대밭으로 만들고 있었지). 달빛이 거인의 얼굴을 비추고 있어서 그는 농부를 보지 못했어. 그러나 농부는 거인을 보았지. 그는 사실 정말로 엄청나게 겁이 났단다. 아무 생각도 없이 나팔총을 쏘았어. 빵! 그런데 바로 거인의 크고 못생긴 얼굴에 쏘았던 거야. 그러자 탈지면과 뼈와 돌멩이, 고리와 도자기 조각과 화약과 못이 튀어나왔지. 많은 것들이 거인의 얼굴을 맞혔고 못 하나가 그의 코안에 박혔단다.

"빌어먹을!" 거인이 말했지. "뭔가 불쾌한 것들이 날 찌르고 있어. 이곳에는 아주 큰 각다귀나 말파리가 있는 모양이야. 그렇게 크지 않으면 느껴지지 않을 텐데. 이쪽으로는 더 가지 말아야겠어."

그래서 그는 집에 돌아가서 먹으려고 언덕 비탈에서 양 두 마리를 잡아 가지고 몸을 돌려 다시 강을 따라 돌아갔단다. 그 후에 그가 어떻게 되었는지는 아무도 몰라. 어떻든 집으로 돌아가는 길을 찾아냈을 거야. 그건 그렇고 다시는 돌아와서 농부 가일스를 성가시게 하지 않았단다.

농부 가일스는 나팔총이 발사되었을 때 벌렁 나가떨어졌

지. 땅바닥에 누워 하늘을 올려다보면서 거인이 다가와 자기를 짓밟고 가기를 기다렸단다.

그런데 사람들이 환호하는 소리가 들려왔어. 그래서 그는 일어나 머리를 문질렀지. 햄의 주민들 모두가 창가에서 내다보고 있었던 거야. 많은 사람들이 웃옷을 입고 언덕 비탈로 올라왔단다. 그들은 쿵쿵거리는 거인의 무시무시한 발소리를 들었던 거야. 대부분은 즉시 이불 속으로 기어 들어갔고 담요를 머리에 뒤집어썼단다. 어떤 사람들은 침대 밑으로 기어 들어갔지. 그런데 농부의 개는 자기 주인을 아주 대단하다고 생각했고 주인이 화를 낼 때는 아주 무서웠기 때문에 아무리 거인이라도 주인님을 무서워하지 않는 건 상상할 수 없었단다. 그래서 개는 쏜살같이 달려가 마을을 돌면서 짖어 대고 소리쳤지. "일어나세요! 일어나요! 농부 가일스가 아주 용감한 일을 하시는 걸 보세요. 무단 침입한 거인을 쏠 거예요!"

갑자기 돌아서서 가 버리는 거인을 보았을 때 사람들과 개는 농부 가일스가 거인에게 잔뜩 겁을 주었기에 이제 거인은 나팔총의 총알을 맞고 공포에 질려 죽을 거라고 말했단다. 모두들 환호하기 시작했지.

그러고 나서 그들이 모두 몰려가서 농부 가일스와 악수했단다. 목사님과 방앗간 주인, 그리고 주요 인사 한두 명은 가일스의 등을 다정하게 두드렸지. 자기도 한잔하고 술을 얻어먹을 일을 하지 않은 사람들에게도 술을 돌리고 나자 농부는 사람들이 생각하는 것만큼 용감한 기분이 들었단다. 다음 날 아침이 되자 더 용감해진 것 같았어. 일주일이 지나자 그는 정말로 주요 인사가 되었고 시골의 영웅이 되었단다.

마침내 왕도 그 소식을 듣게 되었고, 그의 충실한 신하이자 사랑하는 가일스에게 금색 글씨에 커다랗고 붉은 인장이 찍힌 멋진 편지를 보냈단다. 그보다 더 좋은 것은 왕이 보낸 허리띠와 긴 칼이었지.

왕은 그 칼을 직접 써 본 적이 없었어. 그 칼은 왕의 가문에 전해져 내려왔고, 옛날부터 무기 창고에 걸려 있었지. 무기 창고의 창고지기도 그 칼이 어떻게 처음 그곳에 들어왔는지, 그 칼의 용도가 무엇인지 알 수 없었어. 그래서 왕은 그 칼이 선물로 주기에 아주 적합하다고 생각한 거야. 어쨌든 그런 육중한 칼은 당시 궁정에서는 좀 구식이었거든. 하지만 농부 가일스는 아주 기뻐했고, 그 지역에서 그의 명성은 더욱 높아졌지. 이후로 아무도 그의 땅을 감히 무단 침입하지 않았다는 건 분명할 거야. 어쨌든 햄 사람이라면 말이지.

이렇게 오랫동안 상황이 흘러갔단다—용이 나타날 때까지 말이야. 당시에 사람이 살지 않는 산악 지대가 아주 멀리 떨어져 있는 것은 아니었지만, 어떻든 그 지역에서 용은 이미 아주 보기 힘들었단다. 옛날에는 용이 너무나 흔했지만 그 나라는 왕의 용감한 기사들로 유명했고, 그래서 많은 용들이 살해되었고 그 나라 쪽으로 오지 않았지. 그런데 왕의 크리스마스 잔칫상에 용 꼬리를 요리해서 올리는 풍습은 아직도 사라지지 않았어. 그래서 기사 한 명이 니콜라스 성인 축일에 사냥을 나가서 늦어도 크리스마스이브까지는 용 꼬리를 가지고 돌아오게 되어 있었단다. 하지만 벌써 여러 해 전부터 궁정 요리사는 젤리와 잼과 아몬드 가루 반죽으로 가짜 용 꼬리 케이크를 만들었고 딱딱한 가루 설탕으로 아름답게 비늘을 만들어 달았지. 그러면 선발된 기사가 크리스마스이브 저녁에 바이올린이 연주되고 트럼펫 소리가 울려 퍼지는 가운데 이 가짜 용 꼬리를 들고 연회장으로 들어갔단다.

이런 상황에서 진짜 용이 다시 나타난 거야. 왜 나타났는지는 모르겠어. 거인이 찾아왔던 여름철이 지나자 혹독한 겨울이 되었거든. 그러니 어쩌면 배가 고파서 왔을 거야.

호기심 때문이었을지도 몰라. 결국 용들은 기사들과 그들의 칼에 대해 잊고 말았거든. 기사들이 진짜 용에 대해서 잊어버리고 부엌에서 만든 가짜 용 꼬리에 익숙해졌듯이. 그래도 용들은 아주 오래오래 살고 엄청난 기억을 갖고 있어. 그러니 필시 그 거인 때문이었을 거란다. 그 거인이 산속에서 저 아래 시골에 관한 이야기를 떠벌리기 시작했을 거야. 거기 가면 먹을 것이 아주 많고, 풀밭에 암소들이 있고, 양들을 언덕 비탈에서 집어 올리기만 하면 된다고—"다만 그 끔찍하게 쏘아 대는 파리만 없으면 말이지."

자, 용이 그런 이야기를 들었다면 틀림없이 가서 둘러보겠지. 용들은 어떤 종류의 파리에도 시달리지 않거든. 어떻든 그 용이 정말로 왔단다. 그러고는 부수고 태우고 양과 암소, 말까지도 먹어 치우며 엄청난 피해를 입혔지.

처음에 용이 나타난 곳은 멀리 떨어진 지역이었어. 농부 가일스의 마을 사람들이 그 소식을 듣고는 아주 유쾌하게 이야기를 나눴단다. "옛날하고 똑같아." 사람들이 말했지.

"게다가 크리스마스도 다가오고 있잖아—그래서 아주 흥미진진하고 옛날로 돌아간 것 같아." 그런데 용이 계속해서 피해를 입혔단다. "왕의 기사들은 뭘 하고 있지?" 사람들이 이렇게 말하기 시작했어. 그들이 무엇을 했느냐 하면—아무것도 안 했단다. 무엇보다도, 궁정 요리사가 벌써 이번 크리스마스 파티에 쓸 용 꼬리를 만들기 시작했거든. 그러니 마지막 순간에 진짜 용 꼬리를 들고 나타나서 요리사의 기분을 상하게 해서는 안 된다는 거였지. 요리사는 무척 소중한 신하였으니까. "꼬리 따위는 신경 쓰지 마세요! 용의 머리를 잘라서 그 사악한 범죄 행위를 끝장내라고요!" 사람들이 이렇게 말했을 때, 무척 불행히도 성 요한 축일에 성대한 기마 시합이 열리기로 되어 있다는 사실이 알려졌지. 많은 왕국의 기사들이 값진 상을 타려고 시합하러 오고 있다는 거야.

그 국제적인 시합이 무사히 끝나기 전에 왕의 기사들을 용 사냥에 내보냄으로써 상을 받을 기회를 놓치는 것은 물론 절대로 있을 수 없는 일이었지. 그러고 나니 새해 휴일이 되었단다. 이렇게 하루하루가 지나갔어. 그리고 용은 농부 가일스의 마을에 점점 다가왔지.

어느 날 밤에 사람들은 멀리서 타오르는 불길을 언덕 꼭대기에서 볼 수 있었어. 용은 16킬로미터쯤 떨어진 숲에 자리를 잡았고 숲은 신나게 타올랐지. 마음이 내키면 뜨거운 불을 내뿜는 용이었거든. 특히 배불리 식사를 한 후에 말이지.

그러자 사람들은 농부 가일스를 쳐다보기 시작했고, 그래서 가일스는 몹시 불편해졌지만 모른 척했단다. 하루 이틀 사이에 용은 몇 킬로미터쯤 더 다가왔지. 그러자 농부 가일스는 큰 소리로 왕의 기사들을 험담하기 시작했어. 기사들이 대체 무엇을 하고 있는지 알고 싶다고 말했지. "우리도 알고 싶소!" 햄의 주민들이 모두 말했지. 그런데 방앗간 주인이 덧붙여 말했어. "결국 우리의 농부 가일스는 기사나 다름없소. 왕께서 기사의 칼을 보내시지 않았소? 물론 국왕께서 그의 어깨를 칼로 두드리며 '일어나게, 가일스 경'이라고 하신 것은 아니지만 왕께 요청한다면 틀림없이 그렇게 해 주실 거요." 그런데 농부는 자신이 훌륭한 사람이 아니고, 방앗간 주인 같은 이웃들보다 낫지 않은, 평범하고 정직한 사람이라는 것을 자랑스럽게 여긴다고 말했단다.

하지만 목사님은 말하셨지. "용을 죽이려면 반드시 기사여야겠소? 우리의 선량한 가일스는 어떤 기사보다도 용감하지 않소?" 그러자 사람들은 (첫 번째 질문에) "아니요"라고 대답하고 (두 번째 질문에) "맞아요, 만세!"라고 말했단다.

그래서 농부 가일스는 아주, 아주 불편한 마음으로 집에 돌아가서 칼을 부엌 찬장에 숨겼단다. 그 칼을 벽난로 위에 걸어 두었었거든.

그런데 용이 바로 옆 마을로 옮겨 왔단다. 용은 양과 암소를 먹어 치웠을 뿐만 아니라 목사님도 잡아먹었지. 그러자 마을에는 엄청난 동요가 일었단다.

햄 마을 사람들은 모두 자기들의 목사님을 앞세우고 언덕으로 몰려와 가일스를 찾았지. "우리는 당신에게 기대하고 있소!" 그들은 이렇게 말했단다. 그러면서 그들이 계속 쳐다보아서 마침내 농부의 얼굴은 그의 조끼처럼 붉어졌지. "언제 출발할 거요?" 그들이 물었어.

"글쎄, 오늘은 할 수 없소." 그가 말했지. "소 치는 일꾼이 앓아누워서 할 일이 많소. 생각해 보겠소."

그러자 사람들이 돌아갔단다. 정오가 되자 용이 조금 더 가까이 왔지. 그러자 사람들은 다시 가일스를 찾아왔단다.

"우리는 당신에게 기대하고 있소, 농부 가일스." 사람들이 말했어.

"글쎄, 지금 당장은 무척 곤란하오. 말이 다리를 절게 되었고 올해는 양이 새끼를 일찍 낳기 시작했소. 가급적 빨리 처리하도록 상황을 보겠소." 농부가 대답했단다.

그래서 사람들은 다시 돌아갔지. 목사님만 빼고 말이야. 목사님은 저녁을 먹고 가겠다고 자청하고는 아주 곤란한 이야기를 많이 했단다. 그 칼을 보여 달라고 했어. 농부 가일스가 부엌 찬장에서 칼을 꺼내자 그것은 칼집에서 툭 튀어나왔어. 농부와 목사님은 깜짝 놀라 펄쩍 뛰었지. 그 바람에 맥주가 쏟아졌단다.

목사님은 조심스레 칼을 붙잡아 다시 칼집에 집어넣으려 했지. 그 칼이 들어가는 한 말이야. 그런데 그것은 전혀 들어가지 않으려 했고, 목사님이 칼자루에서 손을 떼자마자 바로 다시 튀어나왔단다.

"맙소사!" 목사님은 이렇게 말하며 칼집을 자세히 살펴보았어. 목사님은 학식 있는 분이었지만 농부는 알아보기 쉬운 대문자도 읽을 수 없었어. 그래서 칼집에 새겨진 글자를 주목하지 않았던 거야. 왕의 무기 창고지기는 칼이나 칼집에 적혀 있는 룬 문자와 글자들에 너무 익숙했기에 굳이 골치를 썩이며 그것을 읽어 보려 하지 않았단다. 하지만 목사님은 애써 들여다보았지. 그런데 그 글자들을 보고 목사님은 놀랐단다. 무슨 뜻인지 도통 알 수 없었거든. 그래서 목사님은 공책에 그것을 베껴 쓰고는 저녁을 먹은 후 그 집을 나섰단다.

집에 돌아오자 목사님은 학술서들을 서가에서 잔뜩 꺼내 와서 밤새 읽었지. 다음 날 용은 조금 더 가까이 왔단다. 사람들은 문을 걸고 창문에 빗장을 질렀어. 지하실이 있는 사람들은 그리 내려가 촛불을 켜 놓고 앉아 덜덜 떨었어.

그러나 목사님은 밖으로 나와 이 집 저 집을 돌아다니며 자신이 알아낸 사실을 말해 주었단다. "농부 가일스는 '꼬리물어뜯개'라고 불리는 칼을 갖고 있다네. 우리 왕의 고조부 시절에 용 사냥꾼들 중에서 가장 위대한 분의 칼이었지." 목사님이 말했단다. "이 칼은 용이 160킬로미터 이내에 있으면 칼집에 들어가지 않는다네. 그리고 용감한 사람이 이 칼을 잡으면 어떤 용이라도 이 칼에 대항할 수 없다네." 그러자 어떤 사람들은 창문을 열고 머리를 내밀었지. 어떤 사람들은 밖으로 나왔고. 그래서 꽤 많은 사람들이 목사님과 함께 언덕을 올라갔단다. 불안하게 강 너머를 흘끗거리면서 말이지. 용은 기척도 보이지 않았어. 어쩌면 자고 있었을지 모르지. 크리스마스 휴일 내내 실컷 배불리 먹었으니까.

그들은 농부의 집 문을 쾅쾅 두드렸단다. 가일스가 시뻘건 얼굴로 나왔어. 맥주를 많이 마셨거든. 그들은 농부를 칭찬하기 시작했고 시골의 영웅이라고 불렀단다. 그러고는 '꼬리물어뜯개'에 대해서 칼집에 들어가지 않으려는 칼, 죽음 또는 승리, 자작농들의 영광, 나라의 중추라고 부르는 통에 결국 농부는 더 어리둥절해졌지. 그래서 목사님이 설명했어.

자기 칼이 진짜 '꼬리물어뜯개'라는 것을 알았을 때 농부는 아마 조금 안심이 되었을 거야. 어렸을 때 그 칼에 관한 이야기를 들은 적이 있었거든. 어떻든 그는 무언가를 하지 않으면 그 지역에서 자기 명성이(그것을 누리는 것은 아주 근사했어) 영원히 사라지리라는 것을 알았지. 게다가 그는 맥주를 많이 마셨거든.

그래도 그 싫은 일을 미뤄 보려고 한 번 더 노력했단다. "뭐라고! 이 낡은 각반과 조끼를 걸치고 말이오?" 그가 말했어. "내가 들은 바로는 용과 싸우려면 갑옷이 필요해. 하지만 내 집에 갑옷이라고는 전혀 없소. 그건 엄연한 사실이오." 그가 말했지. 그것은 약간 곤란한 일이라고 그들 모두 수긍했어. 하지만 곧 대장장이를 불러왔지. 대장장이는 고개를 저었어. "여러 날 작업해도 안 될 거요. 그사이에 우리 모두 무덤에 들어가 있겠지. 아니면 적어도 용의 배 속에 있든지." 그가 말했어. 그는 비관적인 사람이었지. 그러자 사람들이 소리치기 시작했고 대장장이는 아주 기분이 좋았단다. 그는 자신이 예언한 대로 어떤 재앙(가령 5월의 서리)이 일어날 때까지 일을 하면서 절대로 휘파람도 불지 않았어. 그런데 그가 항상 뭔가를 예언했기 때문에 어쩌다가 그의 말대로 일어날 수밖에 없었지. 어떻든 그는 기분이 좋아져서 활기를 띠었고, 활기를 띠니 어떤 생각이 떠올랐단다. 그는 농부에게 튼튼한 가죽 조끼를 꺼내 오라고 했지. 대장장이는 그것을 갖고 집에 갔고 그의 아내가 그 조끼에 가죽으로 소매를 이어 붙였어. 그는 대장간에 널려 있던 작은 사슬들의 연결 부위를 벌리고 망치로 두드려서 붙였단다. 그러고 나서 그들은 고리들을 가죽 조끼에 꿰매 붙였고 결국에 그것은 무거운 갑옷 조끼처럼 보였지. 그 일을 하는

데 하루와 반나절이 걸렸어. 그것이 끝났을 때 그들은 똑같이 사슬을 붙인 가죽 모자도 만들었단다. 그러고는 농부에게 가져갔지.

이제 가일스에게는 남은 핑곗거리가 없었어. 그래서 그는 장화를 신고 낡은 박차를 달고는 '사슬 갑옷' 코트를 입고 모자를 썼단다. 그가 걸음을 옮기면 캔터베리 교회의 많은 종이 울리듯이 딸랑딸랑 딩글딩글 요란한 소리가 울렸지. 하지만 그는 모자 위에 낡은 펠트 모자를 덮어쓰고 갑옷 위에 낡은 망토를 둘렀단다. 아마 딸랑거리는 소리를 좀 막고 싶었을 거야. 길을 따라가고 있다는 것을 용에게 미리 알려 줄 필요는 전혀 없잖아. 어떻든 그는 아주 우스꽝스럽게 보였단다. 그런 다음에 그들은 그의 허리에 혁대를 매어주고 그 위에 칼집을 걸었지. 칼은 가일스가 들고 가야만 했어. 칼집에 들어가려 하지 않았으니까. 농부 가일스는 잿빛 암말에 올라탔고 아주, 아주 나쁜 기분으로 출발했단다. 사람들은 모두 손뼉을 치며 환호했지만.

그는 언덕을 내려가서 강을 건넜어. 사람들의 시야에서 벗어나자 아주 느리게 걸음을 옮겼지. 곧 자기 땅을 지나 용이 덮친 곳에 이르렀단다. 부서진 나무들과 불타 버린 산울타리와 풀, 불쾌하고 불길한 정적이 곧 그것을 경고해 주었어. 이때쯤 농부는 아주 덥고 살갗이 따끔거려서 커다란 손수건으로 계속 얼굴을 닦았단다. (붉은색 손수건은 아니야. 붉은 천 조각은 용을 특히 격분시킨다는 것을 알기 때문에 집에 두고 왔지.) 그런데 용이 보이지 않았어. 농부는 온갖 오솔길을 지났고 다른 농부들의 황폐한 들판도 지나갔지만 그래도 용을 찾지 못했단다.

그는 이제 자기 의무를 다했고 충분히 오래 살펴본 것이 아닐까 하고 생각했단다. 이제 돌아가서 저녁을 먹고는 이웃들에게 용이 자기가 오는 것을 보더니 그냥 날아가 버렸다고 말해야겠다고 생각하면서 모퉁이를 돌았지. 바로 거기에 용이 있었어. 그 무시무시한 머리를 길 한복판에 누이고 산울타리를 반쯤 가로질러 누워 있었지.

잿빛 암말이 그 자리에 털썩 주저앉았어. 그래서 농부 가일스는 거꾸로 떨어져 도랑에 빠졌단다. 고개를 들자, 잠에서 완전히 깬 용이 그를 바라보고 있었어.

"좋은 아침이오! 놀란 것 같군." 용이 말했어.

"좋은 아침이오! 정말 놀랐소." 가일스가 대답했지.

"잠시만." 용이 이렇게 말했어. 사슬 갑옷이 찰랑거리는 소리를 듣고는 아주 의심스럽다는 듯 귀를 곤두세웠거든.

"혹시라도 나를 죽이려고 오는 길이었소?"

"아니, 아니오!" 농부는 몹시 서둘러 말하고는 도랑에서 기어 나와 암말 쪽으로 슬금슬금 뒷걸음질 쳤지.

용은 입술을 핥았어. 그는 용들이 모두 그렇듯이 사악한 용이었지만, 매우 용감한 용은 아니었어. (어떤 용들은 용감하지 않거든.) 그래서 싸우지 않고도 얻을 수 있는 먹이를 좋아했지.

"잠깐만! 그런데 뭔가 떨어뜨린 것 같소." 용이 말했어. 그는 농부의 관심을 딴 데로 돌리고는 농부와 암말을 잡아서 식사를 할 생각이었거든.

그때 가일스는 칼을 떨어뜨렸다는 것을 알았지. 그가 칼을 주운 순간 용이 덤벼들었단다. 그러나 꼬리물어뜯개만큼 빠르지는 못했어. 그 칼은 농부의 손이 닿자마자 앞으로 튀어나와 곧바로 용의 눈을 겨누며 햇빛에 반짝였지.

"하! 당신이 들고 있는 게 뭐요?" 갑자기 공격을 멈추고 용이 물었지.

"별거 아니오. 꼬리물어뜯개라고 왕께서 내게 주신 거지." 가일스가 말했어.

"오, 당신의 용서를 빌겠소." 용은 이렇게 말하며 넙죽 엎드려 굽실거렸지. 농부 가일스는 이제 마음이 편안해지기 시작했단다.

"여기서 당장 꺼져 버려, 이 불쾌하고 성가신 놈아." 가일스는 이렇게 말하면서 그를 영원히 그의 사악한 산으로 돌려보내려는 듯이 팔을 휘두르며 용 쪽으로 다가갔지.

그것만으로도 꼬리물어뜯개는 충분했어. 그 칼은 공중에서 번쩍이더니 큰 소리로 울리며 바로 용의 오른쪽 날개 관절을 찔렀단다. 심지어 비늘을 뚫고 들어가 심한 부상을 입혔지(물론 가일스는 용을 죽이는 올바른 방법에 대해서 아는 바가 없었어. 그렇지 않았더라면 칼이 더 연약한 부분에 꽂혔을 거야). 그건 용이 참을 수 없을 정도였어. 몇 주간 날개를 쓸 수 없었단다. 용은 일어나서 날아가려 했지. 농부는 암말에 올라탔어. 용은 날 수 없었지만 달릴 수는 있었지. 그래서 달렸어. 암말도 달렸지. 용이 전속력으로 질주했어. 암말도 그렇게 했지. 농부는 경마를 관람하듯이 소리치며 고함을 질러 댔단다. 그러면서 꼬리물어뜯개를 계속 흔들어 댔지. 용은 빨리 달리면 달릴수록 더욱더 공포에 질렸어. 농부가 꼬리물어뜯개를 흔들어 댈수록 더욱 혼란스럽고 정신이 없어졌지. 그런데 잿빛 암말은 내내 최선을 다했단다. 그들은 오솔길을 따라 질주했고 산울타리 갈라진 틈을 지나 들판을 넘고 시냇물도 여럿 지났지. 우렁찬 소리를 내면서 콧김을 내뿜던 용은 방향 감각을 완전히 잃어버리고 말았어.

이렇게 그들은 강을 건넜고 우레 같은 소리를 내면서 마을에 들어섰단다. 사람들은 모두 창가에 모여들거나 지붕 위로 올라갔지. 어떤 사람들은 웃었고 어떤 사람들은 환호했어. 어떤 이들은 냄비와 프라이팬과 주전자를 두들겨 댔단다. 다른 이들은 뿔나팔과 호루라기를 불어 댔지. 목사님은 교회의 종을 울리게 했어. 이런 야단법석과 소동은 오랫동안 축일과 장날에도 일어난 적이 없었단다.

바로 교회 문 앞에서 용은 포기했어. 그는 길 한복판에 누워 헐떡거렸지.

“선량한 인간들이여, 그리고 용감한 전사여.” 용이 헐떡거리며 말했단다. 가일스가 말을 타고 쫓아왔고, 마을 사람들은 쇠스랑과 장대를 들고 적당히 거리를 두고 서 있었지. “선량한 인간들이여, 나를 죽이지 마세요. 나는 아주, 아주 큰 부자니까요. 내가 끼친 손해에 대해 모두 배상하겠어요. 내가 죽인 사람들 모두에게 보상하겠어요. 당신들에게는 아주 훌륭한 선물을 주겠어요. 내가 집에 돌아가서 그걸 가져오게 해 준다면 말이에요."

"얼마나 줄 건데?" 농부가 물었단다.

"글쎄요." 용은 재빨리 셈을 해 보며 말했어. 모인 사람들이 꽤 많다는 것을 알아챘지. "각각 13실링 8펜스가 어떨까요?"

"말도 안 돼!" 가일스가 말했단다. 사람들도 모두 그렇게 말했지.

"각각 금화 두 닢으로 하고 아이들은 반값으로 하면 어떨까요?" 용이 말했단다.

"계속해 봐!" 농부가 말했지. 사람들이 모두 그렇게 말했어.

"모두에게 10파운드와 은 지갑이 어떨까요?" 용이 말했어.

"저 녀석을 죽여 버려!" 사람들은 모두 소리쳤지.

"남자분들께는 황금 한 자루로 하고 부인들에게는 다이아몬드가 어떨까요?" 그가 말했어.

"이제야 제대로 말하는군. 하지만 충분치 않아." 사람들이 말했지.

"이런! 맙소사! 난 파산할 거예요." 용이 말했어.

"넌 그래도 싸." 사람들은 점점 가까이 다가서며 말했단다. “파산을 하든지 아니면 살해되어 차갑게 식어 버리든지 선택해.”

몸속 깊은 곳에서 용은 웃었단다. 하지만 사람들에게는 들리지 않았어. 용들은 절대로 바보가 아니거든. 달아날 때라도 말이야. 하지만 사람들은 최근에 용과 거래한 적이 거의 없었기 때문에 용들의 속임수에 익숙하지 않았어.

용은 숨을 돌리고 있었고 그의 꾀도 되살아나고 있었지.

“당신들이 조건을 말해 보세요!” 용이 말했어.

그러자 사람들이 모두 한꺼번에 말하기 시작했단다. 용은 일어나 앉았지. 하지만 용은 달아날 수 없었단다. 농부 가일스가 꼬리물어뜯개를 들고 옆에 서 있었거든. 용이 움직일 때마다 그 칼은 용 쪽으로 달려들었지.

마침내 목사님이 말하셨어. “네가 사악하게 얻은 보물을 모두 이곳으로 가져오너라. 틀림없이 오래전에 훔친 것이겠지. 그러면 우리가 공평하게 나누어 갖겠다. 네가 아주 예의 바르게 굴고 이 땅을 다시는 괴롭히지 않겠다고 약속한다면, 네게 약간 되돌려 주마.”

이렇게 해서 그들은 용이 전 재산을 갖고 예수 공현절까지 돌아오겠다고 약속하게 했단다. 그들이 아주 어리석었다고 말할 수밖에 없지.

새해가 되고 다음 날이었어. 물론 왕은 오래지 않아 이 소식을 들었지. 그래서 왕은 흰말을 타고 많은 기사들과 트럼펫 주자를 거느리고 그 마을에 왔단다. 사람들은 모두 가장 좋은 옷을 입고 길가에 한 줄로 늘어섰어. 농부 가일스는 왕 앞에 무릎을 꿇었고, 왕은 그의 등을 몸소 두드려 주었지만 기사들은 못 본 척했단다.

그러고 나서 왕은 그 용의 모든 보물은 이 나라의 군주인 자신의 것이라고 아주 신중하게 설명했어. ("그 보물이 전부 내 조상들에게서 훔친 것이라는 사실에 대해서는 추호도 의심할 바가 없네"라고 말했지.) 물론 왕은 농부 가일스와 목사님, 대장장이에게 적절한 보상을 해 줄 테고, 모두에게 선물을 주겠다고 약속했어. "우리 땅의 옛 용기를 아직도 매우 강력하게 간직한" 이 마을에 대해 왕이 느끼는 호의를 보여 주려는 것이라고 왕이 말했지. 기사들은 자기들끼리 사냥에 대해서 이야기하고 있었단다.

사람들은 왕에게 고개를 숙여 절하고 겸손하게 감사의 뜻을 표했어. 하지만 용이 모두에게 10파운드와 은지갑을 주겠다고 제안했을 때 흥정을 끝내고 그 일을 소문내지 않았더라면 더 좋았을 거라고 생각했지.

정말로 만족한 사람은 농부 가일스뿐이었단다. 그 고약한 일에서 무사히 빠져나왔고 그의 명성이 전보다 더 높아졌으니 아주 즐거웠지.

왕은 돌아가지 않았어. 그는 농부 가일스의 들판에 큰 천막을 세우게 하고 예수 공현절을 기다렸단다. 다음 나흘 동안 왕과 수행원들은 빵과 달걀, 닭고기, 베이컨을 거의 다 먹어 치웠고 그 마을에 있던 묵은 맥주까지 대부분 마셔 버렸어. 그러나 왕이 모든 음식값을 후하게 쳐주었기에('결국 오래지 않아 용의 보물을 전부 내가 갖게 될 거야'라고 그는 생각했지) 사람들은 개의치 않았지.

예수 공현절이 되었고 모두들 이른 아침부터 일어났단다. 기사들은 갑옷을 입었지. 농부는 집에서 만든 갑옷을 입었단다. (기사들은 감히 비웃지 못했어. 그러면 왕이 격노했을 테니까.) 또한 농부는 꼬리물어뜯개를 찼는데, 그 칼은 식은 죽 먹기로 칼집에 쏙 들어갔단다.

목사님은 그 칼을 약간 근심스럽게 바라보았어. 정찬 시간이 되었고 그러고 나서 오후가 되었는데 꼬리물어뜯개는 칼집에서 튀어나올 조짐을 보이지 않았지. 언덕 위의 파수

병이나 나무 꼭대기에 올라간 어린아이들도 용이 돌아오는 기척을 볼 수 없었단다.

저녁이 되어 별들이 나오고 나서야 다른 사람들도 용이 결코 돌아올 의도가 없었다고 생각하게 되었지. 자정을 알리는 소리가 울리고 예수 공현절이 지나 그해의 크리스마스 시즌이 끝난 다음에야 정말로 걱정이 되었단다.

"어떻든 용은 날개를 심하게 다쳤었잖아." 어떤 사람들이 말했지.

그러나 다음 날이 지났고 그다음 날도 지났단다. 그제야 사람들은 희망을 모두 버렸어. 왕은 몹시 화가 났단다. 먹을 것과 마실 것이 동났고 기사들은 즐거운 궁정으로 돌아가고 싶어 했어. 그러나 왕은 돈이 필요했지.

그래도 돌아가야 했어. 왕은 충실한 백성들과 작별했단다. 그러나 농부 가일스를 대할 때는 처음 왔을 때만큼 정중하게 대하지 않았어. "나중에 소식을 듣게 될 걸세." 왕은 이렇게 말하고는 기사들과 트럼펫 주자들과 함께 말을 타고 달려가 버렸지.

사람들은 곧 왕이 전갈을 보내어 농부를 궁정으로 불러들이고 적어도 기사 작위를 내릴 거라고 생각했어. 그런데 전갈이 왔을 때 보니 전혀 다른 내용이었단다. 왕은 왕국의 안전과 자신의 명예와 명성을 지키기 위해서 용을 찾아내고 그의 배신행위에 대해 처벌을 내리기로 결정했다는 것이었지(그가 가장 원한 건 보물이었지만 한 마디도 언급하지 않았어). 궁정의 모든 기사들에게 무장을 갖추고 출발하라는 명령을 내렸단다. 다만 사랑하는 농부 가일스는 용들을 용감하게 다루었음을 입증했고 더욱이 이 용을 특히 잘 알고 있으며 용을 추격하면서 왕국의 많은 땅을 달렸으므로, 농부 가일스가 기사들과 함께 떠나기를 특별히 소망한다는 것이었어.

사람들은 이것이 엄청난 명예라고 말했단다. 방앗간 주인은 농부가 기사들과 함께 말을 달리는 것이 몹시 샘이 났어. 목사님은 그를 진심으로 축하해 주었지. 하지만 가일스는 몹시 심란했어. 이웃 사람들에게 하듯이 왕에게 핑계를 댈 수는 없었지. 그래서 양이 새끼를 낳든 말든, 쟁기질을 해야 하든 말든, 젖을 짜야 하든 말든, 그는 잿빛 암말에 올라타서 출발해야 했다지.

농부 가일스가 궁정에 도착해 보니 기사들은 반짝이는 갑옷을 입고 빛나는 투구를 쓰고 말에 올라 출발할 준비가 되어 있었어. 모두 출발하기 전에 농부에게 출정의 잔으로 따뜻한 포도주를 건넬 시간밖에 없었지.

이미 상당히 늦은 시간이었어. '용 사냥에 나서기에는 너무 늦었어.' 가일스는 이렇게 생각했어. 하지만 그들은 한 줄로 길게 늘어서서 달리고 또 달렸단다. 기사들과 시종들, 하인들, 그리고 짐을 실은 조랑말들의 순서였지. 농부 가일스는 잿빛 암말을 타고 기사들 뒤에서 천천히 달렸단다. 날이 저물자 그들은 천막을 세웠어. 이런 식으로 다음 날도 나아갔고 마침내 용의 발자국을 보게 되었단다. "이게 뭐요, 농부 가일스?" 그들이 물었어.

"용의 자국입니다." 그가 대답했지.

"앞장서시오!" 그들은 이렇게 말했어.

그래서 그는 앞장을 서야 했지. 이제 그들은 농부 가일스를 선두에 세우고 달렸어. 농부의 가죽 옷에 달린 사슬들이 찰랑거렸지. 기사들은 웃음을 터뜨리며 이야기를 나누었고 음유시인이 함께 말을 달리며 노래를 불렀어. 그래서 이따금 기사들은 다 같이 크고 우렁찬 목소리로 후렴구를 따라 불렀지.

그것이 용기를 북돋아 주었어. 훌륭한 노래였지. 창술 시합보다는 전투가 더 자주 벌어졌던 아주 오래전 옛날에 만들어진 노래였거든. 하지만 그건 현명한 일이 아니었어. 그들이 용의 동굴을 찾아내기도 전에 용은 그들이 오고 있다는 사실을 알았으니까. 이제 낮잠 자고 있는 용을 사로잡을 가능성은 영영 사라진 거야.

마침내 그들이 산악 지대에 들어서서 작은 언덕들 사이로 돌투성이 길을 오르기 시작했을 때 운 좋게도 농부 가일스의 암말은 다리를 절게 되었단다—어쩌면 주인을 좋아했기 때문에 (또 주인과 약간 닮았기 때문에) 그처럼 살풍경하고 위험하게 보이는 곳에서 대열의 선두에 서지 않으려고 핑곗거리를 만들어 냈을 거야.

조금씩 암말은 대열에서 뒤처졌단다. 누구도 주목하지 않았어. 이제는 용의 자국을 알아보지 못할 수 없었지. 용이 종종 거닐거나 공중을 날아다니다가 내려앉던 바로 그 지점에 이르렀거든. 사실 나지막한 언덕들의 갈색 꼭대기는 오랫동안 용의 놀이터였던 듯이 완전히 타 버린 모습이었지. 실제로 그랬단다.

농부 가일스는 이제 눈에 띄는 곳에 있지 않아서 즐거웠어. 조금 더 지나서 해가 지기 직전에는 더 즐거워졌단다.

그들이 출발한 지 아흐레째 되는 날이었는데 (성촉일이 지난 지 이틀째였고) 용이 갑자기 으르렁거리며 튀어나왔거든. 자기 집에서 멀리 떨어져 있을 때는 사실 대단히 용감한 용이 아니었지만 지금은 미칠 듯이 화가 났고 바로 자기 집 앞에서 싸우는 거였어. 자기 동굴의 보물을 무방비로 내버려 두고 도망칠 수 없잖아. 그러니 싸워야 했고, 이번에 그는 맹렬히 싸웠단다. 그리고 그 일행에 꼬리물어뜯개를 든 농부 가일스가 있다는 것을 전혀 몰랐지. 가일스는 그때 꽁무니의 조랑말들 사이에서 달리고 있었으니까. 그래서 용은 질풍 같은 소리를 내고 번개처럼 불을 내뿜으며 그의 동굴 입구를 가린 산 중턱을 돌아 나왔단다.

모두들 노래를 딱 멈추었지. 말들은 이쪽저쪽으로 뒷걸음질 쳤고 기사들 여러 명은 말에서 굴러떨어졌어. 짐을 실은 조랑말들은 당장 돌아서서 달아났단다. 갑자기 돌풍처럼 연기가 몰려와서 모두들 숨이 막혔지. 그리고 바로 연기 한가운데로 돌진한 용은 선두에 있던 기사들에게 달려들었어. 그들이 격식을 갖춰 결투 신청을 하기도 전에 여러 명을 살해했지. 또 다른 기사들 몇 명에게 달려들어 말과 다른 짐들과 함께 쓰러뜨렸단다. 나머지 기사들의 경우, 말들이 기사들을 떠맡고 뒤돌아 달아났지. 기사들이 원했든 원하지 않았든 간에 그들의 주인을 태우고 말이야. 기사들 대부분은 물론 원했지.

그러나 늙은 잿빛 암말은 꼼짝도 하지 않았어. 그 말은 발을 넓게 내밀고 서서 코를 힝힝거렸단다. 등에 탄 농부 가일스는 젤리처럼 벌벌 떨었지.

그 늙은 잿빛 암말은 너무 지친 나머지 소용이 있을 만큼 빨리 달아날 수 없었어. 그리고 날아다니는 용에게 쫓기는 것보다는 정면에서 상대하는 편이 더 낫다는 것을 본능적으로 알았지. 게다가 이 암말은 용을 전에 본 적이 있었잖아. 자기가 살던 시골에서 용을 추격하며 언덕과 계곡을 지났고 결국에 용이 마을 중심가에서 온순하게 엎어져 있던 것을 기억했지.

이렇게 되어 용은 갑자기 바로 코앞에서 꼬리물어뜯개를 들고 있는 농부 가일스를 보게 된 거야. 전혀 예상치 못한 일이었지. 용은 커다란 박쥐처럼 옆으로 벗어나 언덕 중턱에 맥없이 내려앉았단다. 그러자 잿빛 암말은 언덕으로 올라갔지(이 부분에서는 농부 가일스에게 공이 있다고 할 수 없단다). 용이 콧방귀를 뀌었어. 농부 가일스는 뜨거운 콧김을 막으려고 팔을 쳐들었지(그는 방패가 없었거든). 그러자 꼬리물어뜯개가 번쩍이며 위험하게도 바싹 다가가 용의 코를 겨냥했단다.

"오!" 용은 이렇게 말하며 콧방귀를 멈추었지. 그는 떨면서 뒷걸음질 쳤어. "바라건대, 나를 죽이려고 오신 것이 아니겠죠, 선량한 나리?" 용은 물었단다.

"아니! 아냐!" 농부 가일스가 말했단다(잿빛 암말이 코를 킁킁거렸어).

"그렇다면 이 기사들하고 무엇을 하고 계신가요?" 용이 말했어. "기사들은 언제나 우리 용들을 죽이거든요. 우리가 그들을 먼저 죽이지 않으면 말이죠."

"나는 그들과 아무 관계도 없어." 농부 가일스가 말했어. "그리고 어떻든 기사들은 모두 달아나 버렸어—자네가 말등에 남겨 둔 사람들 말이야. 자네가 지난 공현절에 하겠다고 했던 것은 어떻게 되었지?" 농부 가일스가 물었어.

"어떻게 되다니요?" 용은 물었어.

"이번에는 자네 보물을 모두 가져가야겠어. 그리고 흥정의 속임수는 안 돼. 그렇지 않으면 자네를 죽일 거야. 그리고 경고 삼아 자네 껍질을 교회 뾰족탑에 걸어 놓겠어." 용이 불안하게 떠는 것을 보면서 가일스는 점점 더 대담해지고 있었어. 그건 그가 시장에서 배운 수법이었단다.

"그건 몹시 잔인한 일이군요!" 용이 말했지.

"약속은 약속이야. 그건 사실이야." 가일스가 말했습니다.

"현물 지급을 감안해서 반지 한두 개만 제가 가지면 안 될까요?" 용이 말했어.

"구리 단추 하나도 안 돼!" 가일스가 말했지. 이렇게 그들은 잠시 흥정을 계속했지. 하지만 그 결과는 너희들이 예상할 수 있겠지. 왜냐하면 농부 가일스에 대해서 달리 뭐라 해도, 흥정에서 그를 이긴 사람은 없었으니까. 용은 자기 동굴까지 내내 걸어가야 했고 잿빛 암말에게 가장 안전한 오르막길을 알려 줘야 했지. 그러고 나서 농부 가일스는 문 앞에 섰고 용은 안으로 들어갔어.

"자네가 재빨리 나오지 않는다면, 내가 자네를 좇아 들어가서 제일 먼저 꼬리부터 잘라 버리겠어." 농부가 이렇게 말했는데—그럴 마음은 한순간도 없었단다. 어떻든 농부 가일스가 보물을 손에 넣으려고 용의 굴속으로 들어가는 것을 볼 수 있으면 좋겠구나. 하지만 용이 그것을 어떻게 알겠어? 꼬리물어뜯개가 날카로운 칼날을 번쩍이고 있는데 말이지. 그래서 용은 몇 파운드의 금과 은, 그리고 반지와 예쁜 물건들이 든 상자를 가지고 아주 재빨리 밖으로 나왔단다.

"여기 있어요!" 용이 말했어.

"어디 말이야?" 가일스가 말했어. "이건 절반도 안 돼. 틀림없어. 네가 가진 보물 전부가 아니야."

"물론 아니지요!" 용은 전에 마을에서 만났던 때보다 농부가 더 똑똑해진 것 같았기에 무척 실망해서 말했어. "하지만 그걸 한 번에 전부 다 들고 나올 수는 없어요."

"장담하건대, 두 번에도 안 될 거야." 농부 가일스가 말했지. "다시 들어가. 그리고 재빨리 나오라고. 그러지 않으면 꼬리물어뜯개의 맛을 보여 주겠어!"

"오!" 용은 이렇게 말하며 쏙 들어갔다가 다시 재빨리 톡 튀어나왔단다.

"여기 있어요!" 용은 거대한 금과 은 더미와 다이아몬드가 든 상자 두 개를 내려놓았지.

"자, 다시 해봐!" 농부가 말했어. "더 열심히 하라고!"

"힘들어요, 정말 힘들다고요." 용은 이렇게 말하며 다시 들어갔지.

그러나 이때쯤 잿빛 암말은 걱정이 들기 시작했어. '이 무거운 짐들을 누가 집으로 나를지 궁금하군.' 이런 생각을 하면서 암말이 자루들과 상자들을 한참 동안 슬픈 눈으로 바라보았기에 농부는 말의 마음을 알아차렸어.

"이봐, 조금도 걱정하지 말라고!" 농부가 말했단다. "저 늙은 뱀에게 나르도록 할 테니까."

"제발!" 가장 큰 짐을 들고 세 번째로 동굴에서 나오던 용이 이 말을 엿듣고 말했지. 이번에는 가장 귀한 보석을 들고 있었어.

"제발 자비를 베풀어 주세요! 내가 이것을 전부 다 옮겨야 한다면 죽을 지경이 될 거예요. 자루가 하나만 더 많아도 절대로 운반할 수 없어요. 당신이 나를 죽인다고 해도 안 돼요."

"그렇다면 아직 더 남아 있단 말이지, 그렇지?" 농부가 물었어.

"조금요. 내 품위를 유지할 만큼 남아 있어요." 용은 진실을 말했는데 평생 처음이었을 거야. 그런데 그것이 결국 현명한 처사라는 것이 드러났지. "당신이 내게 그 보물 조금을 남겨 준다면, 나는 영원히 당신의 친구가 되겠어요. 그리고 이 보물을 모두 날라서 왕궁이 아니라 당신의 집으로 가져다 드리지요. 게다가 당신이 이 보물을 지키도록 도와주겠어요." 용은 매우 약삭빠르게 말했어. 그러자 농부는 왼손으로 이쑤시개를 꺼냈고 일 분 동안 아주 열심히 이를 쑤셨지. 그러고는 말했어.

"좋아, 네 조건을 수락하지!" 이 말은 농부에게 진정으로 현명한 분별력이 있음을 보여 주었어. 만약 그가 기사였다면 끝까지 버티면서 보물을 모두 요구했을 테고 아마도 보물을 결코 집으로 운반할 수 없었을 거야. 아니면 보물의 저주를 받을 수도 있었겠지. 혹은 용을 자포자기하게 만들어서 꼬리물어뜯개가 있든 없든 결국에는 싸워야 했을 거야.

자, 이렇게 해서 결정이 났지. 농부는 뭔가 잘못될 경우에 대비해서 주머니마다 보석들을 가득 채웠어. 그러고는 암말의 등에 조그만 짐을 실어 나르게 했지. 나머지를 어깨에 짊어지고 용은 총총걸음으로 출발했고, 암말은 그의 꼬리 뒤에서 따라갔고, 농부는 용이 옆길로 새지 않도록 아주 무섭게 번쩍이는 꼬리물어뜯개를 내밀고 걸어갔지.

이렇게 그들은 집으로 돌아갔어. 산기슭에서 왼쪽으로

돌았고, 왕의 궁정 근처에도 가지 않았지. 하지만 그들에 대한 소식은 불길처럼 번져 나갔단다. 마을마다 산악 지대에서 쓰러져 죽은 용감한 기사들에 대해 (사망자에 포함되었다고 여겨진 농부 가일스에 대해서는 말할 것도 없고) 애도와 슬픔에 잠겨 있었어. 왕은 손톱을 물어뜯고 수염을 잡아당기고 있어서 누구도 감히 가까이 가지 못했지.

그러나 곧 모든 종이 울렸고, 농부 가일스가 순하기 그지없는 용을 앞세우고 지나갈 때 사람들은 길가에 모여 노래를 부르고 스카프를 흔들었어. 그 떠들썩한 소리가 왕의 궁정에 이르렀지.

"이 떠들썩한 소리는 다 뭐냐?" 왕이 말했어. "용이 이쪽으로 오지 않으면 좋겠군. 내 기사들, 아니, 그중 남은 사람들을 소집해라!"

"그럴 필요 없습니다, 폐하." 그들이 대답했어. "용이 돌아왔답니다. 그러나 농부 가일스가 뒤에 있기만 하면 양순하기 그지없답니다."

"이럴 수가!" 왕은 한시름 놓은 듯이 보이며 말했지. "그런데 짐은 모레 그 작자의 장례식을 치르라고 명령했단 말이야! 그가 여기 언제 도착한다고 하느냐?"

하지만 이 질문에 대한 대답은 곧장 나오지 않았어. “죄송합니다, 폐하. 그 농부는 자기 집 쪽으로 방향을 돌렸다고 합니다.” 누군가 마침내 말했어. “하지만 틀림없이 적절한 의복을 갖춰 입고 최대한 일찍 기회를 잡아 서둘러 올 겁니다.”

“고약한 행실이야.” 왕이 말했어. “하지만 농부는 농부일 수밖에 없지.”

첫 번째 기회가 왔지만 그냥 지나갔어. 그다음에도 여러 번 기회가 왔다가 가 버렸고. 실은 일주일이 지났어도 농부 가일스나 용에 대한 소식이 궁정에 들려오지 않았단다.

“그 녀석을 불러와!” 왕이 이렇게 말하자 사람들이 출발했어.

“그가 오지 않겠다고 합니다, 폐하!” 사신이 떨면서 말했어.

“벼락 맞을 놈!” 왕이 말했습니다. “그놈에게 다음 화요일에 오라고 전해라. 그러지 않으면 감방에 처박아 주지!”

“그놈이 여전히 오지 않겠다고 합니다, 폐하.” 참으로 불쌍한 사신이 월요일에 말했어.

“천만번이나 벼락 맞을 놈!” 왕이 말했어. “왜 그놈을 데

려오지 않는 거냐?"

"꼬리물어뜯개가 있습니다." 사신이 말했어. "그리고, 그리고……."

"그리고 그리고라니, 허튼수작이야." 왕이 말하고는 자기 백마를 대령시키고 그의 기사들과 군인들을 소집했단다. 그러고는 불같이 화를 내며 말을 달렸지. 사람들이 모두 놀라 집 밖으로 뛰쳐나왔어. 하지만 농부 가일스는 이제 시골의 영웅에 그치지 않았단다. 그는 온 나라의 총아였지. 사람들은 아직 왕에게는 모자를 벗어 경의를 표했지만 군인들이 지나갈 때는 환호를 보내지 않았어.

마침내 왕은 강 너머 농부 가일스의 땅이 있는 곳에 이르렀을 때 실로 매우 화가 났단다. 거기에 꼬리물어뜯개를 손에 든 농부 가일스가 잿빛 암말을 타고 다리 위에 있었어.

"좋은 아침입니다, 폐하!" 가일스가 말했어.

"이게 다 무슨 수작이야?" 왕은 말했어. "이런 짓을 하다니 네놈은 이제 보상을 받지 못할 거야. 교수형만 피할 수 있어도 운이 좋은 거다. 그것도 네놈이 순순히 따라와서 용서해 달라고 빌어야 해."

"저는 보상을 받았고 그건 사실입니다. 찾는 사람이 임자고, 임자가 주인이지요." 농부가 말했어. "그런데 이 기사들과 군인들은 왜 데리고 오셨나요?" 가일스가 물었단다. "농부 하나를 순순히 따라오게 만들려고 하신 건 아니겠지요."

왕은 얼굴이 시뻘게졌고, 기사들은 콧잔등을 내려다보고 있었지. 하지만 확실히 전에는 농부 한 명을 궁정에 붙잡아 가려고 그토록 많은 사람들이 나온 적이 없었어.

"네 칼을 내놔!" 왕은 말했어.

"당신의 왕관을 내놔!" 농부가 말했어. 충격적인 말이었지. 농부의 입에서 나온 적이 없는 말이었으니까.

"저놈을 잡아서 묶어라!" 정말로 당연히 너무 놀라서 왕이 소리쳤고, 군인들 몇 명이 달려갔어. 바로 그 순간에 용이 다리 밑에서 엄청난 김을 내뿜으며 올라왔단다. 물을 엄청 많이 마셨거든. 곧 짙은 안개가 끼었고, 그 속에서 용의 붉은 눈 외에는 아무것도 보이지 않았어.

"집으로 돌아가, 이 바보들아!" 용이 말했어. "그러지 않으면 너희들을 산산조각으로 찢어 주지. 저기 산 고갯길에 기사들이 차갑게 식어 누워 있지. 이제 곧 강 속에 더 많이 누워 있게 될 거야. 군인들도!" 용은 으르렁거렸어. 그는 왕의 백마를 발톱으로 할퀴었단다. 그러자 백마는 왕이 아주 자주 언급했던 천만번의 번개처럼 전속력으로 질주했어. 물론 다른 말들도 그 뒤를 따랐지. 백마가 멀리 가지 않아 왕이 곧 말을 돌려세웠단다. 왕이 땅 위의 어떤 인간이든 용이든 두려워했다고는 누구도 말할 수 없을 거야. 그가 돌아왔을 때 안개는 사라지고 없었지. 하지만 그의 기사들과 군인들도 모두 사라졌어. 이제 왕 혼자서 용을 옆에 거느리고 꼬리물어뜯개를 들고 있는 농부 가일스와 이야기를 하려니 상황이 전과는 아주 달라 보였지.

실은 이렇게 해서 다리의 전투가 끝났단다. 왕은 그 모든 보물에서 동전 한 닢도 얻지 못했고 농부 가일스에게서 사과의 말 한 마디도 듣지 못했어. 더군다나 그날부터 그 옛 왕국의 영토는 그 강에서 끝났고, 그 너머 넓은 땅의 영주는 농부 가일스였지. 왕은 가일스에 대항해서 싸우러 갈 사람을 한 명도 구할 수 없었어. 가일스는 그 나라의 총아가 되었으니까. 처음에 사람들은 그를 자유 마을의 영주 가일스라고 불렀단다. 그러나 곧 백작이 되었고 나중에는 대공이 되었어. 그는 자신을 위한 아주 멋진 궁전을 지었고(누구보다도 부자였으니까) 군인들을 모았고 그들을 훌륭한 빛나는 무기로 무장시키도록 최고의 무기 제조자들에게 돈을 지불했단다.

결국에 사람들은 그를 왕이라고, 강 너머의 왕이라고 불렀어. 그가 늙고 매우 덕망이 있고 흰 수염에 아주 근사한 궁정을 갖게 되었을 때 말이지. 대체로 그는 그럴 자격이 있었어. 그는 이웃들에도 한 몫을 나누어 주었어. 목사님에게는 많이, 대장장이에게 상당히, 심지어 방앗간 주인에게도 조금 주었단다.

가일스 가족은 용으로 인해 워밍Worming이라는 이름을 갖게 되었고, 햄 마을은 그들 때문에 이후에 워밍홀이라고 불리게 되었지. 너희는 그곳을 지금도 지도에서 찾을 수 있을 거야. 그 이후로 강들의 흐름이 달라졌고 지금은 그곳에 왕이 살지 않지만 말이지.

어떻든 그 시절에는 왕이 사는 곳이 되었고 목사님은 그곳 주교가 되었어. 가일스와 그의 후손들이 살아 있는 동안에는 모든 일이 순탄하게 잘 흘러갔단다.

용은 떠나가도록 허락을 받았어. 농부(내 말은 왕) 가일스에게 행운이 따라 주었을 뿐이라고 생각했더라도 그런 말은 감히 입에 올리지 않았단다. 왜냐하면 어떻든 꼬리물어뜯개가 있었고—어떻든 자기 집에는 보물이 많이 남아 있었으니까. 오랜 시간이 지난 후에 용은 6월의 어느 날 밤중에 농부(그러니까, 왕) 가일스에게 온갖 소동을 일으킨 거인을 만나서 그 강 너머의 왕에 대한 이야기를 나누게 되었지.

"그게 나팔총이었다고요?" 거인이 말했어. "나는 각다귀인 줄 알았는데. 내가 돌아서 다른 길로 간 게 다행이었군요." 어떻든 그 거인도 다른 거인도 다시는 워밍홀 근처에 얼씬도 하지 않았어. 가일스 왕이 수염이 150센티미터나 자라도록 평화롭고 명예롭게 살 수 있었던 한 가지 이유는 적어도 그것이었지.

"그런데 이 이야기의 진짜 영웅은 누구라고 생각하니?" 아빠가 물으셨다.

"모르겠어요."

"물론 잿빛 암말이란다." 아빠가 말씀하셨고, 그것으로 이야기가 끝이 났다.

속편

게오르기우스 드라코나리우스(혹은 토속어로 가일스의 아들 젊은 조지 워밍)가 작은 왕국의 왕이 되었을 때.

조지 워밍은 건장한 젊은이로 말과 개를 잘 다루었지만 숫자와 책에 나오는 라틴어는 그리 잘 알지 못했어요. 그건 그리 중요하지 않았지요. 그가 왕이었으니까요. 원래 그의 이름은 사실 게오르기우스 크라수스 아에기디아누스 드라코나리우스, 도미누스 에 코메스 데 도미토(세르펜테) 프린셉스 데 햄모 에 렉스 토티우스 레그니(미노리스)입니다. 하지만 공식적인 문서에서도 그 이름이 모두 사용된 적은 거의 없습니다. 그의 백성들은 우리의 조지라고 불렀지요. 그의 아버지는 (여러분이 기억하듯이) 가일스였고, 그에게 그

저 작은 왕국을 남겨 주었지만 큰 영토를 가진 많은 왕들을 훨씬 능가하는 재산을 남겼습니다. 거의 최적의 상황이었습니다. 그가 왕위에 올랐을 때, 아니 정확히 말해서 아버지의 안락의자에 앉았을 때, 그는 서른 살이었고 두 형제가 있었습니다. [삭제됨: 그리고 가일스는 좀 늦게 결혼했고 마침내 돌아가셨지요.]

[앞 문단은 폐기되었고, 이야기가 다시 시작되었다.]

조지 워밍은 건장한 젊은이로 말과 개를 잘 다루지만 숫자와 책에 나오는 라틴어는 그리 잘 알지 못했어요. 이건 그리 중요하지 않았지요. 그가 왕자였으니까요. 원래 그의 이름은 사실 게오르기우스 크라수스 아에기디아누스 드라코나리우스 프린셉스 데 햄모(예우 경칭)였습니다. 하지만 그 이름을 전부 사용한 적은 거의 없습니다. 작은 왕국의 사람들은 그를 우리의 조지라고 불렀지요. 그의 아버지는 여러분이 기억할 왕(전직 농부) 가일스였고, 아버지에게서 붉은 수염과 맥주에 대한 기호를 물려받았습니다. 그의 어머니는 왕비 아가타였는데 어머니를(어쩌면 가일스만 제외하고)

그 왕국의 모든 사람들과 마찬가지로 당연히 몹시 무서워했지요. 어머니에게서는 약간 통통한 몸과 집념을 물려받았습니다.

"게오르기우스, 내 아들아." 어느 날 왕이 국왕의 마구간 옆에서 밀짚을 씹고 있는 조지를 보고는 말했어요. "자, 오늘은 무엇을 할 생각이냐?"

"모르겠어요, 아버지." 조지가 말했지요. "모든 일이 더디게 흘러가는 것 같아요."

"나는 더딘 것이 좋구나." 가일스가 말했어요. "비용이 적게 들고 사고도 막아 주니까. 그런데 저 멀리 북쪽에 약간 문제가 생겼단다. 사람들이 그 이방인들에 대해 다시 불평하는 것 같거든. 네가 상황을 살펴보러 가도 좋겠다고 생각했단다."

"그래도 되겠지요." 조지가 말했어요. "혹시 싸움이 있을까요?"

"그래, 있을 수 있지." 가일스가 말했지요. "그건 네가 알게 되겠지."

"아, 좋아요." 조지가 말했어요. "마술馬術 대회 전에 돌아오기만 하면 괜찮아요."

"착하구나." 가일스가 말했어요. "이제 지푸라기를 입에서 꺼내고 말똥을 장화에서 떼어 내렴. 영리하고 품위 있게 보이는 게 제일 좋을 거야. 기사 몇 명과 깃발, 트럼펫 주자 한두 명을 데리고 가렴. 좋은 인상을 주어야지."

"네, 좋아요." 조지는 이렇게 말하며 밀짚을 뱉고 장화를 뚫어지게 보았어요. 그가 이빨 사이로 휘파람을 불자 수에트라는 소년이 다가왔어요.

이렇게 되어 5월의 어느 맑은 날 아침에 젊은 조지는 깃발을 휘날리며 명랑한 무리를 이끌고 북쪽으로 말을 달리게 되었지요.

"조지가 온다." 사람들이 소리쳤어요'Here's Georgie coming,' shouted the folk of [문장 중간에서 텍스트가 중단되었다.]

★

조지는 북부에 사는 (적합한 마을을 선택하라) 어떤 젊은 아가씨를 알고 있다. 수행원들과 함께 파딩호에 가는 길에 그는 옆길로 새어 그녀를 방문하러 간다. 그곳에서 (보니파키우스의 왕국에서 온?) 침입자들에게 생포된다. 그 아가씨(혹은 그녀의 아버지)의 배신. 가일스에게 아무런 전갈도 오지 않는다. 조지는 포로로 이송된다. ?? [원문 그대로임] 가일스와 보니파스 사이에 전갈이 오가지만, 가일스는 (많은 몸값을 지불하고 보니파스를 지배자로 인정하라는) 조건을 거절한다. 그는 드라코나리우스 무리와 함께 진군하려고 준비한다. 돼지 치는 소년 수오베타우릴리우스, 흔히 수에트로 알려진 소년이 크리스소필락스에게 위험한 전갈을 [가지고] 가겠다고 자원한다.

그동안에 게오르기우스는 감옥에서 탈출하고, 놀라울 정도로 말을 잘 다루기 때문에 말구종으로 변장하고 기회를 기다리거나 아니면 황소얼굴이라고 알려진 왕의 최고의 말 옥스헤드(혹은 부케펠루스 3세)와 친해진다. 그는 추격을 받아 북서쪽으로 달아난다. 거인과 맞닥뜨린다. 불행히도 그는 [거인] 카우루스의 집에 머물고, 자신이 가일스의 아들이라는 것을 밝힌다. 카우루스는 그에게 몹시 고약하게 군다. 수에트는 거친언덕에 도착해서 모든 동굴 밖에 농가의 안마당을 가짜로 만들어(조지는 농가의 안뜰에서 나는 소음을 매우 좋아했고, 그것 때문에 수에트를 후원해 주었다) 조지가 있는 곳을 찾아낸다. 그러고 나서 수에트는 크리소필락스를 찾으러 간다. 크리소필락스에게 무슨 일이든 시키는 것이

어려움. 수에트와 용의 긴 논쟁. 마침내 수에트는 크리소필락스가 조지를 구하러 가게 만든다. 그들은 카우루스를 묶고 그의 몸에 핀을 꼽는다. 그동안에 전쟁이 시작된다. 가일스 왕의 군인들은 남쪽으로 몰려갔고, 전투는 이슬립 근처에서 시작된다. 결정적인 순간에 조지가 용을 타고 북서쪽에서 날아오고 수에트는 부케펠루스를 타고 온다. 중부지방 사람들에게 공포가 닥쳐와 달아나고, 많은 이들이 오트무어 늪에서 실종된다. 중부 지방 왕국의 크기, 처웰 서쪽의 새로운 지역의 합병? 농부 가일스는 말년까지 명예롭게 산다. 용의 성을 지었고, 수에트가 영주가 되었다?

적절히 시간이 지나서 조지는 [왕좌를] 계승하지만 여자들에게 실망했으므로 결혼을 거부하고 수에트를 자기 후계자로 지명한다.

갤러리

1980년에 처음 출간된 『시와 이야기』에서 『햄의 농부 가일스』의 원래 삽화가인 폴린 베인스는 1949년의 삽화 몇 장에 새로운 세부 묘사를 더해 수정하거나 개선했고, 특별한 속표지뿐 아니라 전면 크기의 새로운 삽화를 제공했다. 이제 그녀는 처음으로 전보다 더 충실하거나 두드러진 방식으로 거인에게 나팔총을 발사하는 농부 가일스, 크리스마스이브에 궁정으로 운반되는 가짜 용 꼬리, 용을 처음 만났을 때 꼬리물어뜯개를 잡으려는 가일스, 마을 사람들 앞에서 굴욕을 겪는 크리소필락스, 왕의 기사들을 황급히 달아나게 만드는 용을 묘사할 수 있었다. 이어지는 특별 갤러리에 이 추가 삽화들을 포함하게 되어 기쁜 마음이다.

주석

헌사. 1947년 7월 5일에 톨킨은 『햄의 농부 가일스』에 관해서 앨런 앤드 언윈 출판사에 편지를 보냈다. "사실 이 작품은 […] 우스터대학의 러브레이스 학회에서 낭독하려고 집필했고, […] 이런 까닭에 책의 면지에 C.H. 윌킨슨에게 바치는 헌사를 넣고 싶습니다. 그 대학의 윌킨슨 대령이 […] 그 책을 쓰도록 부추겼고 이후에 출판하라고 끊임없이 종용했으니까요."(『J.R.R. 톨킨의 편지들』, 108번 편지) 키릴 윌킨슨(1888~1960)은 34년간 옥스퍼드 우스터대학의 학장으로 재직했다. 폴린 베인스가 그린 칼 꼬리물어뜯개와 윌킨슨이 병치된 것은 우연이었든 의도적이었든 간에 시각적 말장난으로 간주될 수밖에 없다. 1772년 이후로 영국의 왕립 칼 제조사였던 윌킨슨 회사는 칼날의 훌륭한 품질로 명성이 높다.

서문. 엮은이 서문에서 설명했듯이 학술적 서문을 모방한 이 글은 뒤늦게 「햄의 농부 가일스」에 첨부되었고 몇 번의 초고를 거쳐 발전되었다. 첫 번째 초고에는 "브루투스가 브리튼섬에 온 이래로"(34쪽) 다음에 14세기의 시 「가웨인 경과 녹색 기사」의 네 행을 번역한 부분과 중세 영어로 쓰인 원문, 그리고 톨킨의 언급이 이어진다.

> Many strange things, strife and sadness
> At whiles in the land did fare
> And each other grief and gladness
> Oft fast have followed there.
> 많은 기이한 일들, 분쟁과 슬픈 일이
> 이따금 그 땅에서 벌어졌다네.
> 그리고 슬픔과 즐거움이
> 그곳에서 종종 재빨리 이어졌지.
>
> Where werre and wrake and wonder
> Bi sythes has wont therinne
> And oft bothe blysse and blunder
> Ful skete has skyfted sinne:

아서 왕의 통치 기간에 대해 후대의 역사가가 간결하게 표현하듯이.

현대 영어로 옮긴 부분은 1975년에 출간된 시 전문(『가웨인 경과 녹색 기사, 진주, 오르페오 경』)의 일부와 거의 동일하다. 이후 타자로 친 서문에는 중세 영어로 된 시만 들어 있고, 보다 직역에 가까운 번역이 각주로 제시되었다.

Where war and woe and wonder
At times have had their day,
And oft both bliss and blunder
In turn have passed away.
전쟁과 비탄과 놀라운 일이
때로 한창 성했던 곳에
종종 지극한 행복과 소란이
차례로 일어났다가 사라졌네.

처음에 이 시행에 톨킨은 이런 논평을 첨부했다. "이 말들에서 가일스가 첫 번째 모험에서 사용한 무기나 다른 유사한 이야기에 대한 언급이 보였다. 여기서 가일스의 첫 모험이나 그가 당시 사용한 무기에 대해 의도적으로 언급했다는 것은 불가능하다." 톨킨은 이 논평을 보다 명료하게 고쳐 썼다. "blunder(소란)가 가일스 왕의 첫 번째 모험이나 그가 그때 사용한 무기를 의도적으로 언급하는 표현이라는 암시는 매력적이지만 사실일 것 같지 않다. 초기 역사에 관심이 있는 다른 작가들이 작은 왕국의 전설에 대해 언급한 사례로는 이것이 유일하다." 그러나 이 논평도 만족스럽지 않았으므로 톨킨은 다시 수정했다. "blunder가 농부 가일스의 첫 번째 모험이나 그가 그때 사용한 무기를 가리키려고 일부러 쓴 표현이라는 암시는 매력적이다. 이 부분은 초기 역사를 다룬 다른 작가들에게서 찾아낸, 작은 왕국의 전설에 대한 유일한 언급이다. 그러나 그 점은 결코 명확하지 않다는 것을 인정해야 한다." 톨킨은 서문을 다시 타자로 쳤고 본문의 중세 영어 시구 대신에 두 번째 번역을 넣었으며 주에는 수정된 논평만 넣었다. 이 형태의 서문을 1947년 7월에 앨런 앤드 언윈 사에 보냈다.

톨킨은 「가웨인 경과 녹색 기사」에 오랫동안 관심을 기울였다. E.V. 고든과 함께 이 작품의 표준 판본(1925년, 재판본 1967년은 노먼 데이비스에 의해 수정됨)을 출간했고, 1953년에는 W.P. 커 기념 강연에서 이 작품을 주제로 다루었다(J.R.R. 톨킨, 『괴물과 비평가 그리고 다른 에세이들』, 1983년에 수록). 그는 앨런 앤드 언윈 사에 서문 초고와 함께 보낸 편지에서 인용한 시행의 출전을 밝혔고, "그 시행을 어떻든 많은 사람들이 알아볼 겁니다"라고 말했다. 즉, 많은 학자들이 blunder'소란, 소요 사태'(톨킨과 고든이 편집한 『가웨인 경』에서 이렇게 풀이했다)를 사실상 아무 관련도 없는(아래 46쪽에 대한 주를 보라) blunderbuss(나팔총)와 연관시킨 그의 농담도 알아차릴 거라고 생각했다. 결국에 톨킨은 「가웨인 경」과의 연관성을 더욱 미묘하게 제시하기로 했고, 시행 'Where werre and wrake and wonder'를 산문 "아서 왕이 통치하던 시절의 역사가들[즉, 「가웨인」의 시인]이 알려 주듯이," "한편으로는 대단찮은 독립에 대한 열정 때문에, 다른 한편으로는 더 넓은 영토를 확보하려는 왕들의 탐욕 때문에, 그 이후의 세월은 신속히 뒤바뀐 전쟁과 평화, 웃음소리와 비탄으로 채워졌다"로 바꾸었다.

33~34 **이 신기한 이야기를 섬나라 특유의 […] 지명들의 기원을 밝혀 주기 때문이다.** 서문에서 몇 차례 암시된 옥스퍼드의 성직자, 몬머스의 제프리가 쓴 『Historia Regum Britanniae』(『브리튼 국왕의 역사』, 1135년경)에 대한 언급일 것이다. 제프리 또한 자기 저작의 저자가 아니라고 말했고 브리튼어(켈트어의 한 형태)로 쓰인 아주 오래된 책을 라틴어로 번역했을 뿐이라고 주장했다. 반면에 톨킨은 그 반대 방향으로, 라틴어를 '영국의 현대 언어로 옮'겼다고 주장한다. 이 '신기한 이야기'의 라틴어는 브리튼섬과 아일랜드섬(insulae)에서 사용되었을 뿐 아니라 그 언어가 카이사르와 키케로의 고전어와 오랫동안 분리되어 있었기에 질이 저하되었다는 의미에서 '섬나라 특유의insular' 언어이다.—제프리는 자신의 책을 통해 브리튼 역사의 긴 암흑기를 밝히려 했다. 그곳의 처음 지배자들에 대해 필요한 내용이 담긴 역사서가 당시 존재하지 않았다는 의미에서 "암흑기"였다. 고대 브리튼족의 1,900년간의 발달사에 대한 그의 설명은 역

사로서 신뢰할 수 없지만, 특히 아서 왕에 대한 후세 글들의 중요한 원전으로 큰 영향을 미쳤다.

34 **브루투스가 브리튼섬에 온 이래로 많은 왕과 왕국이 나타났다가 사라졌다. 로크린, 캠버, 앨버낙 치하의 영토 분할은** [...]. 몬머스의 제프리(그리고 그보다 먼저 네니우스Nennius의 『브리튼 역사Historia Brittonum』)에 따르면, 브루투스는 베르길리우스의 『아에네이드』에 나오는 트로이인 영웅 아에네아스의 증손이다. 사냥을 하다가 우연히 부친을 살해한 후 그는 이탈리아에서 유형을 떠났고, 뛰어난 무용으로 명성을 얻었으며, 그리스에서 노예가 된 동료 트로이인들을 해방시켜 그들과 함께 갈리아인들의 영역을 넘어 앨비언Albion(영국이나 잉글랜드를 가리키는 옛 이름—역자 주)으로 항해했다. 브루투스는 자기 이름을 따라 그 섬을 브리튼Britain이라고 불렀고 첫 번째 지배자가 되었다. 그가 사망한 후 세 아들 로크린, 캠버, 앨버낙이 왕국을 분할하여 통치했다.

아마도 코엘 왕의 시절 이후이긴 하지만 아서 왕이나 잉글랜드의 일곱 왕국이 등장하기 이전의 '코엘 왕King Coel'이 언급된 것을 보면 대부분의 독자는 '늙은 콜 왕Old King Cole'이라는 전래 동요—하지만 이 동요를 만들어 낸 창조적 영감은 왕이 아니라 콜브룩Colebrook이라 불리는 의류상이었을 것이다—를 연상할 것이다. (서문에서 두 번 언급된 아서 왕과 마찬가지로) 코엘 왕에 대한 언급 덕분에 『농부 가일스』는 전통적 영국 문학에 연결된다. 하지만 몬머스의 제프리는 카엘콜림 혹은 콜체스터의 공작 코엘이 아스클레피오도투스 왕의 왕권을 빼앗고 3세기 말경에 얼마간 브리튼을 지배했다고 주장했다. (톨킨의 친구 애덤 폭스는 1937년에 『늙은 왕 코엘Old King Coel』이라는 운문 이야기를 출간했는데 제프리를 "우리의 역사가 중 가장 낭만적이고 비역사적인 사람"이라고 불렀다.)—역사적으로 아서 왕이 실재한 인물인지의 문제는 끝없는 논란을 일으켰다. 제프리는 그를 실재한 인물로 다루었고 542년에 사망했다고 서술했다. 『농부 가일스』의 사건이 일어난 시기를 설정하려는 목적으로 아서 왕을 언급하면서 톨킨은 계속 제프리의 주장을 따르고 있다고 가정하는 것이 타당해 보인다.—'잉글랜드의 일곱 왕국'(혹은 7두 정치)은 6세기에서 8세기까지 앵글족과 색슨족의 왕국들—켄트, 서섹스, 웨섹스, 에섹스, 동앵글리아, 머시아, 노섬브리아—을 가리키기 위해 일부 역사가들이 사용하는 용어이다.

템스강 골짜기. 템스강은 글로스터셔 남부에서 발원하여 동쪽으로 흐르며 옥스퍼드셔, 버크셔, 런던을 지난다. 144~145쪽에 대한 주석을 보라.

35 **'작은 왕국'의 수도는 오늘날의 수도와 마찬가지로 남동쪽의 구석에 있었음이 분명하지만** 즉, 영국의 수도 런던은 잉글랜드의 남동부에 있다.

오트무어. 옥스퍼드 동쪽의 황야 지역이고 한때는 방대한 습지대였다. 198쪽의 "오트무어 늪" 참조.
가일스의 아들 게오르기우스와 그의 시종 수오베타우릴리우스(수에트)에 관한 단편적인 전설을 보면 톨킨이 폐기한 『햄의 농부 가일스』의 속편은 이 책에 수록되었다. 수오베타우릴리우스에 대해서는 197쪽에 대한 주석을 보라.
파딩호Farthingho. 밴버리 동쪽으로 8킬로미터, 옥스퍼드 북쪽으로 32킬로미터 떨어진 마을. Farthinghoe라고 쓰기도 한다.

37 **아에기디우스 아헤노바르부스 율리우스 아그리콜라 드 햄모였지요. 아주 오래전 […] 사람들의 이름이 무척 길었으니까요.** 톨킨은 이 라틴어를 몇 문장 뒤에서 번역한다. "그는 햄의 농부 가일스였고, 붉은 턱수염이 났습니다." 가일스의 '무척 긴' 라틴어 이름들은 고대 로마의 자유 남성 시민들의 개인 명칭을 연상시킨다(56쪽에 대한 주석 아우구스투스 보니파키우스 등 참조). 라틴어 Ægidius에서 프랑스어 Gilles, 영어 Giles가 유래했고, 이 인물이 가일스라고 불리는 것은 브리튼에서 그것이 우스꽝스러운 의미가 함축된, 농부에게 붙이는 총칭이기 때문이다(현대 영어에서는 '자일스'로 발음한다—편집자 주). 아헤노바르부스는 붉은 (혹은 구릿빛) 수염을 뜻한다. 율리우스는 브리튼에서 오래 통치했던 로마의 군사 지휘자이자 통치자였던 율리우스 아그리콜라(40~93)를 연상시키도록 아그

리콜라(농부)와 결합하여 쓰였을 것이다. 그는 그 섬을 실질적으로 진압한 첫 번째 로마 장군이었지만 정복 못지않게 개화에도 관심을 두었다.—햄의 주민들뿐 아니라 가일스 자신도 그의 라틴어 이름들을 다양하게 사용한다. 그가 "훌륭한 아에기디우스라든가, 용감한 아헤노바르부스, 위대한 율리우스, 강인한 아그리콜라" 등등으로 불리는 77쪽을 보라. 142쪽에서 그는 일시적으로 "율리우스 아에기디우스 대공"이 되었다가 143쪽에서 아에기디우스 왕으로 왕위에 오른다.

이 섬이 아직 여러 왕국들로 평화롭게 나뉘어 있었던 시절에는 10세기, 애설스턴(전 영국의 첫 번째 왕—역자 주)의 시대가 되기 전에.

일반적으로 쓰는 형태 '방언.' 한 장소에서 일반적으로 사용되는 언어, 토착어. 『햄의 농부 가일스』에서 여기에 해당하는 언어는 영어이고, 웨일스어 감Garm만 예외이다. 이야기의 배경인 시공간에서 실제로 쓰인 토착어는 켈트어의 변형인 브리튼어(브리손어)였을 것이다.—이야기 화자는 37~38쪽에서 "앞으로 그의 이름을 […] 일반적으로 쓰는 형태로 부를 겁니다"라고 말하고, 그를 언제나 영어로 가일스라고 부른다. 그러나 과거 시대에 살고 있는 이야기 속 인물들은 항상 그를 라틴어 이름으로, 대체로 아에기디우스라고 부른다. 37쪽의 문장은 이야기의 끝부분, 142~143쪽의 문장에 직접 연결된다. "[가일스는] 햄에서 아에기디우스 드라코나리우스라는 이름으로 왕위에 올랐습니다. 그러나 늙은 가일스 워밍이라는 이름이 더 자주 쓰였지요. 그의 궁정에서는 토착어가 유행했으니까요. 그는 책에 나오는 라틴어를 전혀 쓰지 않았습니다."— 49쪽에 대한 주석에 나오는 '상스러운' 참조.

38 **햄은 그저 마을이라는 뜻인데,** 물론 햄Ham은 '마을'을 뜻하는 고대 영어이다. 이 단어는 영어 지명에 공통된 요소로 남아 있다.

그 개의 이름은 감이었지요. 북유럽 신화에서 감Garm, Garmr은 지옥의 문을 지키는 강력한 개다. 대조적으로 「농부 가일스」의 감은 주인의 집을 지키기보다는 자기 위기를 모면하는 데 더 관심이 있는 게으른 개다. 그가 위협하든 허풍을 떨든 아양을 떨든 아니면 가일스의 창문 밑에서 캥캥거리든 간에 그의 이름은 그의 성격을 묘사한다. garm은 '소리치다, 외치다'의 뜻을 가진 웨일스어로 『영국 방언 사전』에는 콘월에서 "꾸짖다, 큰 소리로 호통치다"의 뜻으로 쓰인다고 기록되어 있다.

토착어 위의 '일반적으로 쓰는 형태'를 보라.

책에 나오는 라틴어는 개보다 높은 사람들 차지였으니까요. '책에 나오는 라틴어Book-latin'는 폐어 'Boc-leden'(고대 영어 bóc '책' + léden '라틴')에서 유래한 단어로, 문어文語 즉, 라틴어를 가리킨다.

감은 개들의 라틴어도 말할 줄 몰랐습니다. '개들의 라틴어Dog-latin'는 개가 쓰는 언어가 아니라 가짜 '잡종의' 라틴어이다.

39 **가장 가까운 시장** 「농부 가일스」의 제한된 세계에서는 중세 시대와 오늘날에도 영국에서 그렇듯이 (훨씬 축소된 규모이기는 하지만) 중요한 읍이나 마을에서 지역 상품을 판매하거나 교환하기 위해 정기적으로 시장이 열렸다. 이것은 보통 사람들의 생활에서 중요한 사건이었고, 여러 마을을 공동의 사회로 엮어 주었다. 54쪽의 '장이 서는 날'을 참조.

멀리 서쪽과 북쪽으로는 '거친언덕'과 산악 지역의 수상쩍은 변경 지대marches**가 있었지요.** 58쪽의 "서쪽과 북쪽으로 수상쩍은 변경 지대와 사람이 살지 않는 산악 지대" 참조. 멀리 템스계곡의 북서쪽으로 웨일스의 캄브리아산맥이 있다. 이야기 후반에 농부 가일스는 왕의 궁전에 가기 위해 북쪽으로 갔다가 왕의 기사들과 함께 용을 찾으려고 서쪽 거친언덕으로 간다. 마지막 페이지에 용의 집은 베네도티아에 있는 것으로 드러나는데 그곳은 웨일스의 북서쪽이다. marches는 변경 지역이고 이곳이 "수상쩍은" 까닭은 "[왕] 아우구스투스 보니파키우스의 왕권이 대체로 인정되지 않는 지역"(113쪽)이기 때문이다.

아직 거기에는 무엇보다도 거인들이 살고 있었지요. […] 때로 말썽을 부리기도 했습니다. 제프리의 『브리튼 국왕의 역사Historia Regum Britanniae』에서 브루투스와 그의 부하들은 브리튼에 상륙했을 때 그곳에 살고 있던 유일한 주민이었던 거인들을 산속의 동굴로 몰았다. 그러나 일부는 여전히 평지에서 배회하며 말썽을 일으

켰는데 특히 고그마곡은 참나무를 개암나무 지팡이처럼 뽑아낼 수 있었다(『농부 가일스』, 40쪽 "느릅나무를 마치 높이 자란 풀처럼 밀쳐서 넘어뜨"린 거인 참조).

40 **역사책에서 그 거인의 이름은 찾을 수 없지만, 그것은 중요하지 않습니다.** 이 이야기의 세 번째 (러브레이스 학회) 수정본에서 농부 가일스의 라틴어 이름을 상세히 설명한 후에 톨킨은 거인에 대해서 "나는 그의 이름을 기억하지 못하지만 그것은 중요하지 않습니다"라고 썼다. 이것이 1947년 7월경에 출판된 형태로, 동시에 추가된 서문을 언급하는 문구로 바뀌었다.

42 **건초용 풀**mowing-grass 베기 위해 남겨 둔 풀, 건초용 말린 풀.

43 **갈라테아** 그리스어 gala '우유' + thea '여신'에서 유래한 '우유의 여신'. 『편지들』, 345번 편지를 보라.

45 **아침에 우유 배달부가 올 때 뒷문으로 슬쩍 들어올 수 있는데** '우유 배달부가 올 때 집에 도착하다', 예를 들어 P.G. 우드하우스의 『두 왼발을 가진 사나이』(1917)에서 "'우유와 함께 집에 오는' 남자에 대해 말한다면 그가 이른 새벽에 남몰래 들어온다는 뜻이다."

46 **짧은 바지**breeches 허리와 넓적다리를 가리는 의상, 짧은 바지.

나팔총을 내렸습니다. […] 화약은 대개 불꽃놀이를 할 때 사용했지요. (네덜란드어 donder '천둥' + bus '총'에서 유래한) 나팔총blunderbuss의 정의는 『옥스퍼드 영어 사전』에서 그대로 가져온 것이다. "옥슨포드의 현명한 학자 네 분"(초서의 『캔터베리 이야기』 프롤로그에 나오는 "옥슨포드[즉, 옥스퍼드]에서 온 학자가 거기 있었지"를 모방한) 은 아마도 그 사전의 편집인 네 명으로 제임스 A.H. 머레이, 헨리 브래들리, W.A. 크레이기, C.T. 어니언스일 것이다. 위의 22~23쪽을 보라.—첫 번째 원고에서 가일스는 "낡은 못들과 탄환 조각들, 부서진 찻주전자 조각, 그리고 낡은 사슬, 뼈와 돌멩이, 그리고 많은 탈지면을 쑤셔 넣었지. 그리고 다른 쪽 끝에 화약을 넣고는 […]."(154쪽)

48 **목이 긴 구두**top-boots 목이 긴 사냥용 또는 승마용 구두.

49 **"빌어먹을**Blast!**" 거인은 상스러운 말투로 말했습니다.** 거인의 욕설은 '야비하다'는 의미에서 '상스럽다vulgar.' 이 욕설은 「농부 가일스」 첫 번째 원고의 'Bother!'와 'Drat!'에서 바뀌었다.

멀리 동쪽의 늪지에는 잉글랜드 동쪽 해안가의 케임브리지셔, 링컨셔, 인접한 자치주의 일정한 지역에 있는 늪지대.

펜치처럼 물어뜯는 잠자리 잠자리는 간혹 시골 사람들에게 '악마의 감침질용 바늘'이라든가 '말을 쏘는 침'으로 알려져 있지만 실은 침을 쏠 수 없다.

50 **대략 북북서 방향으로** 웨일스 쪽으로.

52 **저 거인은 이젠 뭔가 배웠겠지!**That will learn him! '가르치다'라는 옛 의미로 쓰이는 'learn'은 현재 고어나 속어로 간주된다. 『가웨인 경과 녹색 기사』에 나오는 "if thou learnest him his lesson(그에게 교훈을 가르친다면)"과 케네스 그레이엄의 『버드나무에 부는 바람』에서 오소리 씨가 자신의 문법을 '수정한' 물쥐에게 하는 말 참조. "But we don't *want* to teach 'em. We want to *learn* 'em — learn 'em, learn 'em."

목사님과 대장장이, 방앗간 주인 같은 사람들과 주요 인사 한두 명 중세 마을의 생활에서 이들은 전형적으로 중요한 인물이다. 목사는 정신적 복지에 책임지고, 나머지는 숙련된 장인들이다.

55 **그 왕국, 즉 섬의 '가운데 왕국'의 수도는 햄에서 100킬로미터**twenty leagues**쯤 떨어진 곳에 있었지요.** T.A. 시피는 『가운데땅으로 가는 길』(1982)에서 가운데 왕국의 수도는 고대 머시아 왕들의 수도였던 탬워스Tamworth라고 제안한다. 1리그league는 대략 3마일(약 5킬로미터-역자 주)에 해당한다.

미카엘 성인 축일 9월 29일. 중세와 그 이후에는 사건들의 날짜를 가장 가까운 성인 축일이나 교회에서 중시하는 크리스마스 같은 특별한 기념일로 나타내는 것이 널리 퍼진 관습이었다. 톨킨은 이야기의 진전을 성인 축일과 경축일로 나타낸다.

흰 양피지에 붉은 글씨로 쓰여 있었고 첫 번째 원고에는 "금색 글씨"(157쪽)로 되어 있다. 또한 69쪽에 대한 주석을 보라.

56 **그 편지는 붉은 얼룩으로 서명이 되어 있었는데** 왕은 아마 자기 이름을 쓸 줄 몰랐을 것이다. 12세기 헨리 1세 '보클레르크'에 이르기까지 잉글랜드 왕들은 읽고 쓸 줄 아는 수준에 이르지 못했다. 하지만 왕의 인장만으로도 그 편지가 진짜라는 것을 충분히 입증했을 것이다.

나, 가운데 왕국의 덕망 높고 훌륭한 왕, 아우구스투스 보니파키우스 암브로시우스 아우렐리아누스 안토니누스는 아래에 서명한다 Ego Augustus Bonifacius Ambrosius Aurelianus Antoninus Pius et Magnificus, dux, rex, tyrannus, et basileus, Mediterranearum Partium, subscribo. 아에기디우스 드 햄모와 마찬가지로 왕은 많은 이름을 갖고 있지만 이 많은 이름들이 혼란을 야기한다. 아우구스투스는 옥타비아누스와 이후 로마 황제들이 채택한 성이다. 보니파키우스, 즉 '선행을 베푸는 사람'(라틴어 bonum + facere에서 유래한)은 선행을 전혀 베풀지 않는 왕에게 반어적인 이름이다. 암브로시우스와 아우렐리아누스는 길

다스가 그의 『브리튼의 파괴De Excidio Britanniae』(6세기)에서 언급한, 브리튼의 침략자들에게 저항한 로마인 지도자를 연상시킬 뿐 아니라 몬머스의 제프리가 묘사한 아우렐리우스 암브로시우스, 즉 우서 펜드라곤 왕의 형이자 전임자였으며 따라서 아서 왕의 큰아버지였던 인물을 떠올리게 한다. 끝으로 안토니누스는 로마 황제 안토니누스 피우스를 연상시키는데 그는 통치 중에 스코틀랜드 남부를 다시 정복했고 북쪽 경계로 하드리아누스장벽 대신 안토니누스장벽을 세웠다.—이처럼 열거된 이름으로 충분하지 않은 듯이 국왕의 필경사는 그에게 라틴어로 된 직함을 네 개 더 부여했는데 모두 '군주'를 뜻하지만 약간 미묘한 차이가 있다. dux는 특히 군 사령관의 직함으로 사용되고, Rex는 단순히 '왕'을 뜻한다. Tyrannus는 '절대적 지배자'를 가리키고, Basileus 또한 '왕'이지만 '행정관'의 의미가 있다. 아우구스투스 보니파키우스는 옹졸하고 무능한 인물이라서 그 어느 이름에도 부응하지 못한다.

58 **용이 나타날 때까지는 말이지요.** 톨킨은 1936년 영국 아카데미에서 강연한 「베오울프: 괴물과 비평가」의 끝머리에서도 "용이 올 때까지"라는 유사한 표현을 사용했다.

왕의 크리스마스 잔칫상에 용 꼬리를 요리해서 올리는 풍습은 여전히 지속되었습니다. 『로버랜덤』에서 '용의 꼬리는 색슨족 왕들에게 대단한 별미로 여겨졌지.'(아르테 92쪽)

니콜라스 성인 축일 12월 6일.

59 **아몬드 가루 반죽으로 만든 가짜 용 꼬리 케이크였는데 딱딱한 가루 설탕으로 교묘하게 만든 비늘이 달려 있었지요.** 『햄의 농부 가일스』의 첫 번째와 두 번째 원고에서 가짜 용 꼬리는 젤리(젤라틴)와 잼(걸쭉한 과일 조림), 아몬드 가루와 가루 설탕 비늘로 만들어졌다. 이것은 이 초고들의 어린 독자를 위해 꾸며 낸 것이 거의 확실하다. 영국에서 젤리는 어린이들의 파티에서 기본적인 음식이다. (성인들의) 러브레이스 학회에 낭독하기 위한 수정본에서 '케이크'로 바뀌었다. 가짜 용 꼬리는 현재 크리스마스와 다른 축일에 영국에서 전통적으로 먹는 마지팬이 덮인 과일 케이크가 되었다고 가정할 수 있다.

선발된 기사가 크리스마스 전날 저녁에 바이올린이 연주되고 트럼펫 소리가 울려 퍼지는 가운데 이것을 들고 연회장으로 들어갔습니다. 장식용 가짜 꼬리의 등장을 극적인 방식으로 보완한 것이다. 이와 유사한 일이 멧돼지 머리 의식에서 일어나는데, 옥스퍼드 퀸스대학과 다른 곳에서 크리스마스 전통으로 아직도 거행되는 이 의식에서 돼지 머리를 매우 거창하게 운반한다.

60 **암소**kine cow의 고어 복수 형태.

62 **그래, 기사들이란 신화에나 나오는 거야!** 물론 이 농담은 용들도 신화적 (또는 가공의) 동물이지만 『햄의 농부 가일스』의 기사들도 대중적 로맨스에서 유래한, 가공의 존재라는 뜻이다.

용worms 고대 영어 wyrm '뱀'에서 유래한다.

크리소필락스 다이브스 Chrysophylax Dives 그리스어 krysos '황금' + phylax '지키는 자', 라틴어 dives '부유한'으로 만들어진 단어. 91쪽에서 용은 스스로를 "부유한 자 크리소필락스"라고 소개한다.

유서 깊은 황제의 혈통을 이어받았고 톨킨은 크리소필락스가 속한 용의 계보를 어디에서도 자세히 설명하지 않았다. 이 구절은 미지의 역사를 충분히 암시한다. 톨킨은 더 이상 암시하지 않을 의도였겠지만, 독자들은 톨킨의 '실마릴리온' 신화에 나오는 용들의 시조 글로룬드(글라우룽)의 혈통에서 상응하는 존재를 생각하지 않을 수 없다.

63 **좋은 냄새를 쫓아서 숲가를 따라가고 있었지요. […] 꼬리에 정면으로 부딪힌 것이지요. 감보다 더 빨리 꼬리를 돌려 집으로 줄행랑 친 개는 없었을 겁니다.** 『로버랜덤』 참조. "가엾은 노인 아르타세르세스는 수레를 몰고 곧장 바다뱀의 동굴 입구로 올라갔단다. 그런데 수레에서 내리자마자 입구 밖으로 삐져나온 바다뱀의 꼬리 끝이 보였어. 그것은 한 줄로 늘어선 거대한 물통들보다 더 컸고 초록색인 데다 끈적거렸어. 그것만 봐도 그에게는 충분했지. 그는

그 지렁이가 몸을 돌리기 전에 빨리 집에 돌아가고 싶었어. 지렁이들은 예상치 못한 순간에 몸을 돌리곤 하거든."(아르테 158~159쪽)

65 **성가신 녀석**nosey-parker 다른 사람들의 일에 끼어들기를 너무 좋아하는 사람.

선돌들 테임(햄)에서 50킬로미터쯤 떨어져 있고 옥스퍼드 북서쪽에 있는 고대의 환상 열석 롤라이트 스톤스Rollright Stones를 말한다. 1948년 8월 5일에 톨킨은 앨런 앤드 언윈 사에 『농부 가일스』에 대해 썼다. "이 이야기는 명확한 위치에 설정되어 있습니다(미덕이라면 미덕이라고 말할 수 있지요). 옥스퍼드셔와 버킹엄셔가 그 배경이고 웨일스에 잠시 여행을 다녀옵니다. [⋯] 개와 용이 마주친 사건은 롤라이트 근처에서 일어납니다."(『편지들』, 116번 편지)

그 지역에는 이상한 족속들이 있다고 들었어. 50킬로미터만 떨어진 곳도 이질적인 지역으로 느끼는 편협한 마을 주민의 관점. 『반지의 제왕』 제1권 4장에 나오는 농부 매곳의 말을 참조하라. "프로도, 자넨 호빗골의 친구들하고 너무 오래 같이 지낸 거야. 거긴 전부 이상한 친구들뿐이잖은가?"

66 **성가시게**worriting 근심하게 만드는worrying.

68 **성 요한 축일** 12월 27일.

69 **붉은 편지** 왕의 편지(56쪽)가 완전히 붉은색으로 되어 있는데, 이는 필경사의 평소 관행과 다르다. 평소에 붉은 잉크를 사용할 때는 달력에서 표시되듯이 축일 같은 특별한 기념일을 나타내거나 장식하기 위해서였다.—그리하여 기념일이나 경축일을 뜻하는 '빨간 날red-letter days'이라는 표현이 생겨났다. 방앗간 주인에게 붉은색으로 된 것은 무엇이든 (그가 읽을 수 없었더라도) 특별했을 것이다.

기사 작위 수여 국왕이 칼로 가볍게 어깨를 치는 행위로 기사 작위를 주는 것.

평범하고 정직한 사람이라오. 그리고 정직한 사람은 궁정 생활에 맞지 않는다고 들었소. 오히려 당신에게 잘 맞을 거요, 방앗간 주인 양반. 중세 마을에서 방앗간 주인은 가장 부유하고 가장 평판이 나쁜 인물이었다. 마을 사람들이 곡물을 그의 방앗간으로 가져가야 했고 방앗간 주인이 계량했기 때문에 당연히 그는 속임수를 쓸 거라는 의심을 받았다. 중세의 (『캔터베리 이야기』와 『농부 피어스』와 같은) 문학 작품에서 방앗간 주인은 대체로 부정직한 인물로 묘사된다.

70 **가슴속 앙숙**bosom enemies '절친한 친구bosom friend'를 정반대 의미로 바꾼 구절.

71 **케르세툼(토속어로는 오클리)** 옥스퍼드의 북동쪽으로 8킬로미터쯤

떨어져 있고 테임(햄)의 북서쪽으로 같은 거리에 위치하고 있으므로 '이웃에 있'다. 일찍이 1142년에 그곳에 교회가 있었다고 기록되어 있다. 오클리Oakley는 고대 영어 ac-leah '참나무 숲'에서 유래한 단어이고, 라틴어 Quercetum은 같은 의미이다.

소 치는 일꾼cowman 가축을 돌보는 사람, 소 치는 사람.

73 **목사님은 학식이 있는 사람이었지만** 그는 글을 읽고 쓸 수 있었다.

커다란 대문자uncials 4세기부터 수기 원고에 쓰인 대문자. 이야기의 첫 번째 원고에서 "농부는 알아보기 쉬운 대문자도 읽을 수 없었어."(163쪽)

74 **이 칼집에 글자가 새겨져 있네. 그리고 칼에도, 음, 옛날 기호가 있군.** 목사가 연구하지 않고는 읽을 수 없는 이 고풍스러운 글자들은 아마 룬 문자였을 테고, 북부 유럽에서 동전이나 연장, 무기 같은 물건에 새기는 데 오랫동안 사용된 금석문의 글자였을 것이다. 『베오울프』에서 주인공이 획득하여 흐로스가르에게 바친 칼에는 그 칼의 첫 번째 주인을 알려 주는 룬 문자가 새겨져 있다. 『농부 가일스』에서 왕의 무기 창고지기는 "칼과 칼집에 적혀 있는 룬 문자와 이름들 그리고 권세와 지위를 알려 주는 기호들을 너무 많이 봐 왔기에" 익숙했다(73쪽).

75 **그 유명한 칼 카우디모르닥스의 주인이라네. 대중 모험담에서 더 흔한 말로 '꼬리물어뜯개'라고 불린 칼 말이야.** 라틴어 명칭은 cauda '꼬리' + mordax '물어뜯기'에서 나온 것이다. 문학 작품에서 유명한 무기는 대개 이름을 갖고 있다. 가령 『호빗』에서 소린의 칼 오르크리스트('고블린-쪼개기')를 고블린들은 간단히 '물어뜯개'라고 부른다.

용 사냥꾼들 중에서 가장 위대한 벨로마리우스 Bellomarius Bello-는 라틴어 bellare '싸우다'에서 유래한다.

76 **이 칼은 용이 8킬로미터 이내에 있으면 칼집에 들어가지 않는다네. 그리고 용감한 사람이 잡으면 그 어떤 용도 이 칼에 대항할 수 없다네.** 이 작품의 첫 번째 원고에서 이 거리는 160킬로미터였는데, 그럴 경우에 칼을 가진 사람에게 너무 지나친 사전 경고가 될 것이다. 두 번째 원고에서는 3킬로미터로 바뀌었는데, 이 경우에는 용이 신속하게 움직인다면 경고의 의미가 거의 없을 것이다.—신화와 전설에 나오는 많은 칼들은 특별한 속성이 있다. 가령 어떤 칼은 일단 칼집에서 나오면 사람을 죽이기 전에는 칼집에 들어가지 않는데 이는 흔한 속성이다. 『호빗』과 『반지의 제왕』에서 요정의 칼은 오르크(고블린)가 가까운 곳에 있으면 빛을 발한다. 그런데 가일스의 칼은 그것을 휘두르는 사람의 솜씨와 무관하게 그 나름의 기술을 갖고 있다("꼬리물어뜯개로서는 경험이 없는 손에 휘둘리며

최선을 다한 것이었지요", 92쪽).

77 **죽음 또는 승리, 자작농Yeomanry들의 영광, 나라의 중추, 동료 인간들의 행복.** 마을 주민들의 간청은 제1차 세계대전의 신병 모집 구호를 연상시킨다.—자작농yeomanry은 자기 땅을 소유하고 경작하는 사람이고 약간의 특권이 있기는 했지만 신사 계층의 아래 계층에 속했다. 톨킨은 1948년 8월 5일에 쓴 편지에서 농부 가일스는 "부유한 자작농 혹은 향사"(『편지들』, 116번 편지)라고 썼다.

78 **각반leggings** 혹한에 다리를 보호하기 위해 감는 것으로 대개 가죽이나 천으로 되어 있고 발목에서 무릎까지 이어진다.
흔히 명랑한 샘이라고 불렸지만 그의 원래 이름은 파브리키우스 쿤크타토르였습니다. 즉, 일반적으로 이 별명으로 알려져 있다. 그의 라틴어 이름은 fabricius, 즉 '제조업자, 제작자, 기능공(라틴어 faber에서 유래한), 대장장이와 같이 경질 재료를 다루는 직공' + cunctator '지체하고 꾸물거리거나 주저하는 사람'으로 이루어져 있다.

79 **사슬 갑옷ring-mail** chain-mail로 쓰기도 하며 이 갑옷은 금속 고리들을 엮어서, 대장장이가 말하듯이, "작은 고리 각각을 다른 고리 네 개에 끼워서" 만든 형태이다.

가죽 조끼jerkin 종종 가죽으로 만든 꼭 맞는 윗도리나 짧은 코트.

80 **난쟁이들의 재주** 북부 신화에서 난쟁이들은 금속 공예술로 유명하다. 『반지의 제왕』 제2권 3장에서 빌보가 프로도에게 준 난쟁이 갑옷을 참조하라. "쇠고리를 촘촘하게 엮어 만든 것으로 옷감처럼 부드러웠으나 얼음처럼 차갑고 강철보다 단단했다."

쇠사슬 갑옷hauberks 긴 사슬 갑옷.

81 **사람들은 그에게 낡은 사슬들을 쪼개고 연결 부위를 망치로 두드려서 재주껏 훌륭한 고리를 만들라고 요구했습니다.** 첫 번째 원고에서(167쪽) 가일스의 갑옷은 순전히 사슬로 만들어졌기에 톨킨은 농담 삼아 그것을 "사슬 갑옷"이라고 부른다. 대장장이가 고리들을 엮지 않고 그저 겹치게 붙여 놓았기에 갑옷과 비슷하게 만들어졌을 뿐이다.

82 **주현절이자 공현대축일 전날** 주현절은 1월 5일로 크리스마스 시즌의 마지막 날이자 열두 번째 날 저녁이다. 공현대축일은 1월 6일로 동방박사들에게 드러난 예수의 현시를 기념하는 축일이다.

이제 더는 핑곗거리가 없었으니까요. 그래서 그는 갑옷 조끼와 바지를 입었습니다. […] 갑옷 위로 커다란 잿빛 망토를 걸쳤습니다. 전투에 나가기 위한 가일스의 채비는 중세 문학에 묘사된 기사들의 정교한 무장을 익살스럽게 흉내 낸다. 특히 『가웨인 경과 녹색 기사』에서 가웨인의 '금박을 입힌 장비'는 화려하게 빛난다. 이와 대조적으로 가일스의 '차림새는 기묘하기 짝이 없었지요.'(83쪽)

83 **캔터베리 종**Canterbury Bell 순례자들을 캔터베리성당으로 태우고 가는 말에 매다는 작은 종에 대한 언급. 하지만 이 표현은 실제로 캄파눌라(초롱꽃—역자 주) 속의 꽃 이름이고, 순례자들의 종은 그 꽃과 "상상을 통해 연결된다."(『옥스퍼드 영어 사전』) 초서의 『캔터베리 이야기』(「제너럴 프롤로그」)에서 수사는 말의 굴레에 종을 달았는데 씽씽 부는 바람에 교회의 종처럼 또렷하고 큰 소리로 울린다.

85 **용이 덮친 곳에 이르렀지요. 나무들은 부러졌고 산울타리는 불타 버렸으며 풀은 시커멓게 그을렸고.** 115쪽 "나지막한 언덕들과 길 양옆의 비탈에는 불에 그슬리고 짓밟힌 흔적이 있었지요. 풀도 거의 없었고, 히스와 가시금작화의 비틀린 그루터기들이 재와 타 버린 흙에 덮인 넓은 땅 가운데 시커멓게 서 있었습니다" 참조. 또한 『호빗』 11장 "그들 주위의 땅은 […] 황량하고 황폐했다. 풀이라고는 거의 자라지 않았고, 얼마 지나지 않아 덤불이나 나무도 보이지 않았다. 부러지고 시커멓게 타 버린 그루터기들이 예전에 사라진 나무들의 흔적을 보여 줄 뿐이었다. 그들은 용의 폐허에 들어섰다. 그것도 한 해가 저물어 가는 시점에 들어선 것이다" 참조.

86 **붉은색은 용을 흥분시키기 때문이었습니다.** 붉은색 천이 황소를 흥분하게 만든다는 민간의 믿음을 확대하여 쓴 부분이다.

92 **뿔처럼 딱딱하고 늙은 짐승아**horny old varmint. 용은 잘 무장된 가죽 때문에 "뿔처럼 딱딱"하다. (톨킨의 시 「보물 창고」에 나오는 용의 묘사 "그의 이빨은 칼, 그의 가죽은 뿔" 참조.) varmint는 "해충, 불쾌하거나 못마땅한 동물"(『옥스퍼드 영어 사전』)을 뜻한다.

93 **암말은 가장 튼튼한 다리를 앞으로 내밀고**the grey mare put her best leg foremost 'to put one's best foot forward' 즉, '힘껏 일을 서두르다'라는 표현에 관한 말장난.

95 **기념비**cenotaph 시신이 다른 곳에 있는 망자의 무덤에 세우는 비석.

13실링 8펜스 십진법을 쓰기 이전(1971년 이전)의 영국 통화에서 1파운드는 20실링에 해당하고 1실링은 12펜스에 해당했다. 이 이야기의 첫 번째 원고에서 크리소필락스는 12실링과 6펜스를 제안하고, 원고에서 13실링 8펜스로 바뀌었다(1949년 영국 물가를 바탕으로 13실링 8펜스를 2024년 대한민국 원화로 환산하면 약 5만 4천 원에 해당한다—편집자 주).

금화 두 닢으로 하고 아이들은 반값으로 십진법을 쓰기 이전의 영국 통화에서 1기니(원래 서아프리카의 기니에서 온 금으로 만들어진)

는 20실링에 해당했고 1717년 이후에는 21실링에 해당했다. "아이들은 반값으로"는 보통 할인된 입장료를 가리킨다. 톨킨은 이것을 뒤집어 이 계획하에서 아이들에게는 어른들에게 주는 돈의 절반만 준다는 의미로 썼다.

97 **저 지렁이는 돌아오지 않을 거야**A Worm won't return. 'even a worm will turn(지렁이도 밟으면 꿈틀한다)', 즉 가장 약한 생물이라도 몰리면 자기를 괴롭히는 자에게 달려든다는 속담에 대한 말장난. 또한 125쪽의 "그리고 그 뱀을 절망에 빠지게 했더라면, 그 뱀은 […] 덤벼들었겠지요" 참조.

99 **힐라리우스 성인과 펠릭스 성인 축일** 1월 14일('1월의 열나흘째 날', 104쪽)은 예전에 푸아티에의 힐라리우스(힐러리) 성인과 놀라의 펠릭스 성인의 축일이었다. 1969년에 로마력이 개정되어 힐라리 성인 축일은 1월 13일로 옮겨졌다. 「농부 가일스」의 처음 두 원고에서 용은 각각 1월 2일과 4일에 농부에게 추격당하며 햄으로 쫓겨 갔고, 공현대축일(1월 6일)까지 돌아오겠다고 약속했다. 수정된 본문에서는 크리소필락스에게 더 많은 시간을 허용해 주지만, 여드레라도 웨일스 북서부로 240킬로미터 이상을 왕복하며 "여행을 하기에는 너무 짧은 기간"이고 이 시점에서 용은 부상을 입은 날개로 날 수 없었다.

100 **그분은 고전어 학자였으므로 틀림없이 다른 사람들보다 멀리 미래를 내다볼 수 있었을 겁니다.** 고전어 학자grammarian는 문법이나 언어 전반의 전문가이고 문헌학자이다. 하지만 중세 시대에 대중들은 (주로 라틴어) 문법에 마술과 점성술의 지식이 포함되어 있다고 믿었다. T.A. 시피는 (『가운데땅으로 가는 길』에서) 톨킨이 여기서 문헌학자(자신의 직업)에게 앞으로 일어날 일을 예측하는 주술적 능력이 있다는 믿음을 비웃고 있다고 주장했다. 또한 110쪽에서 목사가 가일스에게 "긴 밧줄을 가지고 가게. 내 선견지명이 틀리지 않는다면 자네에게 밧줄이 필요할 거야."라고 조언하는 장면을 보라.

불길한 이름이야. […] 힐라리우스와 펠릭스라니! 나는 그 이름들이 맘에 들지 않아. 「농부 가일스」의 세 번째 원고에서 용이 햄에 돌아오겠다고 약속한 날짜는 원래 "힐러리 성인과 펠릭스 성인 축일"이었고, 음울한 대장장이는 펠릭스에 대해서만 '불길한 이름'이라고 언급한다. 라틴어 felix는 '행복한'을 뜻하기 때문에 그는 그 이름의 소리를 좋아하지 않는다. 그 후 톨킨은 힐러리Hilary의 라틴어 형태가 힐라리우스Hilarius이고, 대장장이가 '유쾌한'을 뜻하는 라틴어 hilaris에서 유래한 hilarious(매우 즐거운)와 힐라리우스를 연결시켜서 당연히 그 이름도 싫어하리라고 생각했음이 분명하다.

102 **영주**suzerain 중세의 지배자.

신하liege 봉신 또는 제후.

기사들은 새로 유행하는 모자에 대해 자기들끼리 이야기하고 있었습니다. 첫 번째 원고에서 기사들은 "사냥에 대해서 이야기하고 있었단다."(174쪽)

103 **큰 천막**pavilions 크고 위풍당당한 텐트.

104 **음식이 부족하다고**short commons 부족한 식사.

눈금이 새겨진 나무 막대tallies 눈금이 있는 나무 막대로 1826년까지 영국 재무부에서 지급할 금액을 기록하는 데 썼다.

국고Exchequer 세금을 걷고 관리하는 국가 부서. 더 광범위한 의미로는 금고 안에 있는 실질 자금.

107 **공문서 서체**court-hand**가 특이했기 때문에, 햄의 주민들은 책에 나오는 라틴어나 매한가지로 그 글씨체를 알아볼 수 없었으니까요.** court-hand는 그 용어의 엄밀한 용례에 따르면 16세기부터 조지 2세 치세까지 영국 법정에서 사용된 필기체 서체이다. 그러나 여기서 court-hand는 오로지 보니파키우스의 궁정에서 사용된 필체로서 고딕체의 변형 또는 흑자체를 가리키는 것이 명백하다. 톨킨의 요청에 따라서, 농부 가일스에게 보낸 왕의 편지 두 장의

조판은 작품의 교정쇄가 나온 후에 이탤릭체에서 흑자체로 바뀌었다.

108 **무단 침입과 재물 훼손, 의무 위반, 살인과 방화, 거짓 맹세** 크리소필락스는 무단 침입과 재물 훼손(경범죄), 보물을 갖고 햄에 돌아오지 않은 것(불법 행위 혹은 의무 위반), 절도, 방화, 살인(중범죄), 그리고 거짓 맹세(위증죄, "여러 차례 엄숙하게 맹세했습니다. 그것은 놀라운 맹세였지요", 99쪽)의 죄를 저질렀다.

111 **무소식은 나쁜 소식이라니까.** 염세주의자를 제외한 사람들에게는 '무소식이 희소식이다.'

포도주에 적신 빵 한 조각sop 포도주나 고깃국 물 등에 적신 빵 조각. 첫 번째 원고에서는 출발하기 전에 "농부에게 출정의 잔으로 따뜻한 포도주를 건넬 시간밖에 없었지."(178쪽)

112 **시종들**esquires 기사들의 종자, 갑옷 시종이나 방패지기.

115 **성촉일**Feast of Candlemas 2월 2일. "성모 마리아의 정화(또는 예수 봉헌) 축일은 촛불을 대단히 많이 진열하면서 축하한다."(『옥스퍼드 영어 사전』)

116 **경고도 없이, 격식도 차리지 않고** 크리소필락스는 격식을 갖춰 결투 신청을 하지 않고, "누가 앞장설 것인지 그리고 어떤 예법을 따를 것인지"(114~115쪽)에 대한 기사들의 토론을 무시한다.

120 **흥정의 속임수**market tricks 햄에 잡혀 있을 때의 용의 협상 기술에 대한 언급. 97쪽의 "실제로 용들을 직접 대면하고 용들의 속임수를 경험한 사람들 중에 지금 살아 있는 사람은 온 나라를 통틀어 단 한 명도 없었습니다" 참조.

현물 지급을 감안해서 크리소필락스는 또다시 현대 경제를 도입하여 신용이 아니라 현금으로 즉시 지불하는 것에 대한 보상을 (터무니없게) 요청하고 있다.

121 **구리 단추 하나도 안 돼.** 금전적 가치가 전혀 없는 하찮은 물건도 안 돼.

장fair에 나온 사람들처럼 잠시 흥정chaffering과 입씨름을 계속했습니다. chaffer '값을 깎으려고 실랑이를 벌이다, 흥정하다'. 이런 의미에서 장fair은 시장market보다 더 큰 규모로 상품을 판매하기 위해 사람들이 모이는 곳이다(39쪽에 대한 주석 참조).

크고 위압적인 검은 대문이 달려 있었고, […] 옛날의 위대한 사람들이나 거인들의 무덤이나 보물 창고를 차지하고 살았지요. 크리소필락스의 동굴은 『호빗』에서 스마우그가 점령한 외로운산의 난쟁이 궁전과 '실마릴리온'에서 글로룬드(글라우룽)이 요정들에게서 빼앗은 나르고스론드를 연상시킨다. 『반지의 제왕』에서 키리스 웅골의 정문과 탑은 이와 비슷하게 철제로 되어 있고 "쇠 빗장이" 걸려 있다.

122 **내가 자네를 쫓아 들어가서 제일 먼저 꼬리부터 잘라 버리겠어.** 첫 번째 원고에서 가일스는 "그럴 마음은 한순간도 없었단다." 그리고 이야기 화자가 "어떻든 농부 가일스가 돈을 손에 넣으려고 용의 굴속으로 들어가는 것을 볼 수 있으면 좋겠구나"(183~184쪽)라고 덧붙인다. 두 번째 원고는 첫 번째와 비슷하지만 세 번째 원고에서 가일스는 자신감을 얻었고, "자기에게 맞설 수 있는 용은 없다고 생각하게" 되었다.

123 **농부 가일스에게는 행운이 따랐습니다.** 그의 성공을 보증하는 말. 110쪽에서 목사가 가일스에게 한 말 "자네는 타고난 행운을 믿어도 될 듯하네" 참조.
20파운드(트로이 단위로)어치 금과 은, 트로이는 보석과 귀금속에 사용하는 표준 도량 체계이다.

124 **잔뜩mort** 대단히 많은 양.

125 **만약 그가 기사였다면 끝까지 버티면서 보물을 모두 요구했을 테고, 그랬더라면 보물에 얽힌 저주까지 받게 되었겠지요.** 이와 관련하여 고대 노르드의 『Reginsmál』에 나오는 난쟁이 안드바리의 이야기를 주목할 만하다. 안드바리는 로키 신에 의해 그물에 사로잡혀서 금을 주고 풀려날 수밖에 없었는데, 마지막 금반지까지 줘야 하자 그것에 저주를 내렸다.

126 **왕의 가구 운반차**royal pantechnicon. Pantechnicon은 온갖 예술품의 상점가를 부르는 말로 만들어졌고 가구를 보관하는 큰 창고를 의미하게 되었으며 일상적 대화에서 의미가 확대되어 가구 운반 화물차를 뜻하게 되었다. '왕의royal'라고 쓴 것은 통상 중세 왕실이 이동할 때 방대한 양의 물건을 여기저기로 옮겨야 했던 사정을 가리킬 것이다. 「농부 가일스」의 두 번째 원고에서 보물을 등에 묶은 크리소필락스는 "장대한 달팽이처럼 보였다."라고 묘사되었다.

이 밧줄이 결국 큰 쓸모가 있었군! 첫 번째 원고에는 용이 보물을 자기 동굴에서 햄으로 운반하는 과정에 대한 언급이 없고(단지 "이렇게 그들은 집으로 돌아갔어", 186쪽) 짐을 용에게 어떻게 묶었는지에 대한 언급도 없다. 두 번째 이야기는 원래 첫 번째와 비슷했지만, 가일스가 밧줄을 사용해서 대부분의 보물을 용에게 묶고, 여행하는 동안과 밤에 용을 묶도록 원고가 수정되었다.

1947년 7월경에야 이야기가 다시 수정되면서 가일스가 요긴하게 "둘둘 감은 밧줄 꾸러미"(110쪽)를 가져가도록 설정되었다.

127 **큰돈**packet 많은 금액.

129 **유망하게 보이는 젊은이**likely young fellow 장래가 밝은, 성공할 듯한.

131 **거위 장날**goose-fair 성 미카엘 축일 즈음에 많은 영국 마을에서 예전에 열리던 장으로 거위가 많이 거래되었다. 여기서는 장날의 전반적인 소음을 가리킬 수도 있고 거위들의 꽥꽥 소리를 가리킬 수도 있다.

132 **애도가**dirge 죽은 자를 위한 비가.

134 **허튼수작들이야**broomstales and fiddlesticks! 한마디로 하면, 터무니없어! stale은 '곧은 손잡이'를 뜻하므로 broomstale은 '대가 긴 빗자루'이다.

135 **온 나라의 총아**Darling of the Land "잉글랜드의 총아"는 웨섹스의 알프레드 대왕과 정복자 윌리엄에 대항해서 아일오브일리를 지킨 사려깊은 자 헤리워드에게 붙여진 별명이다.

137 **'짐'이라고 말하는 것도 잊었지요**forgetting his plural. 왕은 자신을 가리킬 때 관례적으로 복수로 언급하며(royal we) 자신의 신하들을 대변한다. 여기서 왕은 분노와 탐욕에 휩싸인 나머지 적절한 어투를 잊어버렸고, 반면에 가일스는 이제 햄과 인근 지역의 '사실상의de facto' 통치자이므로 그 어법을 사용한다.

바로 그 순간에 용이 다리 밑에서 올라왔습니다. [⋯] 그 즉시 짙은 안개가 끼었고, 그 속에서 용의 붉은 눈 외에는 아무것도 보이지 않았습니다. 톨킨이 쓴 『잃어버린 이야기들의 책 제2부』(1984, 97쪽)에 나오는 투람바르와 포알로케의 이야기 참조. 용이 "강둑을 미끄러져 내려가 물줄기를 가로질렀다. [⋯] 곧바로 짙은 안개와 증기가 솟구쳐 올랐고 지독한 악취가 섞여 있어서 그 무리[의 사람들]는 증기에 휩싸여 질식할 지경이었다. [⋯] 그들은 안개 속에서 미친 듯이 달아났지만 말을 찾을 수 없었다. 극심한 공포에 질려 말들이 속박을 떨치고 달아났다."

139 **왕의 말들과 군인들 모두 말이야**All the King's horses and all the King's men! 동요 <험티-덤티>(땅딸보, 전문은 다음과 같다. 험티 덤티 담 위에 앉아 있었네Humpty Dumpty sat on a wall,/험티 덤티는 크게 추락했네Humpty Dumpty had a great fall./모든 왕의 말로도All the king's horses,/그리고 모든 왕의 신하로도And all the king's men,/그를 원래대로 되돌리지 못했다네couldn't put Humpty together again—역자 주)에 대한 암시.

141 **영웅시 체** 영웅시나 로맨스 시(초서의 『캔터베리 이야기』에서 「수녀원장의 이야기」는 부분적으로 영웅시를 모방하는 성격을 띤다)를 모방한 영웅 풍자시와 약강격 10음절이 연속된 2행으로 이루어진 영웅 시격의 혼합일 것이다. 2행 연구 서사시 형식은 초서가 『선녀열전』(1372~1386)에서 영어에 도입했다.

십일조 곡식을 저장하던 광 목사가 십일조로 받은 곡식을 보관한 건물. 중세에 각 지역 종교 기관을 지원하기 위해서 매년 토지 산출의 십일조, 즉 10분의 일을 바치는 것이 법적 의무였다.

'테임 뱀의 영주' 또는 짧게 말하면 '테임의 영주'. 지명의 어원을 가짜로 흉내 낸 표현이자 동음이의어 tame(길들인)과 Thame(테임)에 대한 말장난. 144~145쪽에 대한 주석 참조.

마티아스 성인 축일. 1969년 로마력 개정 전에는 2월 24일이었다(개정 후에는 5월 14일이다—편집자 주).

쇠꼬리 여섯 점과 쓴 맥주 한 잔. 가치가 없는 물건들. 쇠꼬리는 한때 개들에게 던져 줄 무가치한 부위로 여겨졌다. 쓴 맥주Bitter는 맥주의 한 종류다.

142 **그의 지위는 영주에서 백작으로 높아졌고**, 가일스는 관례적으로 그리고 그의 부와 권력 덕분에 ('테임 뱀의 영주'를 거쳐) '테임의 영주'가 되었고, 이런 자격에 의해서 그는 스스로의 지위를 백작으로, 대공으로, 마침내 왕으로 높였다.

'테임 백작'의 허리띠 백작, 기사 등에게는 작위를 기록한 허리띠가 하사되었다. 가일스의 허리띠는 그의 허리둘레 때문에 "대단히 길었습니다."

143 **뱀 경비대** '용의 경비대.' 가일스는 "완전히 새로운 기사단"을 창시함으로써 미래의 아서 왕을 앞지른다.
기장 작은 의전 깃발.

144 **그러나 왕이 된 후 그는 불쾌한 예언을 금지하는 강력한 법을 공표했고, 방앗간 제분업을 왕의 독점 사업으로 만들었습니다. 대장장이는 장의사로 직업을 바꾸었지만, 방앗간 주인은 아첨을 잘하는**obsequious **신하가 되었지요.** 대장장이는 모루에서 작업하며 '불쾌한 예언'을 할 수 없게 되자 죽음을 예언할 필요가 없고 자신의 음울한 성향에 잘 맞는 직업을 택한다. 방앗간 주인은 중세의 보편적인 방식대로 군주(아우구스투스 보니파키우스 왕)로부터 이미 독점권을 받았겠지만, 가일스 왕이 권한을 쥐게 되자 이제 자신의 오랜 '가슴속 숙적'에게 복종하고 '아첨을 잘하는 obsequious'(알랑거리는, 고분고분한) 인물이 되었다.
자, 지금도 '작은 왕국'의 영토에 살고 있는 사람들은 몇몇 도시와 마을의 현재 명칭에 관한 내력을 이 역사에서 정확히 찾아볼 수 있겠지요. […] '테임 Thame**'의 h는 아무 이유도 없이 어리석게**

들어간 것이었습니다. Thame은 h가 묵음이라서 tame으로 발음되고 한때 그렇게 표기되었다. Thomas와 thyme에서와 마찬가지로 Thame에서 h는 프랑스어에서 영어에 억지로 도입되었으므로 '어리석은' 것이다.—'테임Thame'은 옥스퍼드에서 동쪽으로 21킬로미터 떨어진 마을로 테임강Thame에서 이름을 땄는데, 이 강은 템스강Thames('tems'로 발음)으로 흘러간다.

145 **드라코나리우스 가족은 테임에서 북서쪽으로 7킬로미터 떨어진 곳에 커다란 집을 지었습니다.** 드라코나리우스 가족은 가일스(아에기디우스 드라코나리우스)와 그의 가족, 즉 워밍 가문이다. 그러나 197쪽에 대한 주석을 보라.

'아울라 드라코나리아'로, 또는 토속어로 '워밍홀Worminghall'이라는 이름으로 왕국 전역에 알려졌습니다. 아울라 드라코나리아는 '워밍 가문의 집'이므로 Worming + hall이다. "테임Tame[Thame]에서에서 북서쪽으로 7킬로미터 떨어진"(145쪽) 워밍홀 마을은 방언으로 '워늘wunnle'로 발음된다. 에크윌의 『간결한 옥스퍼드 지명 사전』에 따르면 그 단어의 실제 의미는 '파충류가 출몰하는 홀*halh* frequented by reptiles' 또는 '위르마의 홀Wyrma's *halh*'이다. 영국 중부 지방에서 고대 영어 halh(healh)은은 '구석, 후미진 곳'을 뜻했던 듯하다. 노르만 정복 이전에 지명의 일부로 홀Hall '대저택, 장원의 영주 저택'이 사용된 경우는 거의 알려진 바가 없다.—「농부 가일스」의 첫 번째 원고에는 테임Thame이 등장하지 않는다. 대신에 "가일스 가족은 용으로 인해 워밍이라는 이름을 갖게 되었고, 햄 마을은 그들 때문에 이후에 워밍홀이라고 불리게"(190쪽) 되었다. 세 번째 원고에는 '워밍홀의 전설'이라는 부제가 붙어 있다. 그러나 끝부분에 이르러 톨킨은 이렇게 썼다. "그런데 이 모든 것이 워밍홀과 무슨 관계가 있느냐고 물을지도 모르겠구나. 아주 조금 관계가 있다고 답할 수 있지. 그런데 그 조금이 이거란다. 왜냐하면 그런 문제에 박학한 사람들이 우리에게 햄(이제 새 왕국의 수도)을 알려 주기 때문이지." 그다음에 최종적으로 출간된 형태와 어느 정도 비슷한 이야기가 이어진다.

워밍홀이었고 즉, 워밍홀로 발음되었고.

왕좌. 이 경우에는 왕의 거주지, 말 그대로 왕이 왕좌에 앉아 있는 곳. 테임은 "새 왕국의 중심"(145쪽)이었다.

146 **꼬리물어뜯개가 지상에 있는 동안에는 말이지요.** 톨킨은 가일스가 그의 칼과 함께 매장되었다고 암시한다.

147 **베네도티아**Venedotia 그윈네드Gwgnnedd, 즉 웨일스의 북서부.

156 **젤리와 잼과 아몬드 가루 반죽으로 가짜 용 꼬리 케이크를 만들었고** 59쪽에 대한 주석을 보라.

176 **출정의 잔** 여행을 떠나려고 이미 말에 올라탄 사람에게 건네는 잔.

189 **자유 마을**Free Village 중세 후기에 특히 이탈리아와 독일에서 특정한 관할권이나 영주의 권리에서 자유롭거나 면제된 자유 도시Free Town와 유사할 것이다.

190 **가일스 가족은 용으로 인해 워밍이라는 이름을 갖게 되었고, 햄의 마을은 그들 때문에 이후에 워밍홀이라고 불리게 되었지. [...] 다시는 워밍홀 근처에 얼씬도 하지 않았어.** 마을 이름을 처음 쓸 때 톨킨은 원래 '워밍햄wormingham', 즉 '워밍 + 햄'이라고 썼다가 그들의 성과 두 문단 앞에서 언급한 "아주 멋진 궁전very fine hall"에서 나온 "워밍홀"로 수정했다. 희한하게도 두 번째로 "워밍홀"이 나왔을 때 톨킨은 처음에 그 단어를 썼지만 "워밍햄"으로 수정했다.

191 **물론 잿빛 암말이란다.** 톨킨은 '잿빛 암말이 더 나은 말the grey mare is the better horse'이라는 속담을 인용하고 있을 것이다. 이 속담은 부부에게 두 마리 말 중에서 선택하게 했을 때 아내가 마음에 든 잿빛 암말을 고집했다는 민담을 가리키고, 그러므로 '아내가 남편을 지배한다'는 뜻을 담고 있다. 톨킨이 쓴 첫 번째 이야기에서 가일스는 아내가 없지만, 잿빛 암말이 그가 행동을 결정하는

데 도움을 주고, 대단한 말의 분별력을 드러낸다.

193 **게오르기우스 크라수스 아에기디아누스 드라코나리우스, 도미누스 에 코메스 데 도미토(세르펜테) 프린셉스 데 햄모 에 렉스 토티우스 레그니**(미노리스). '조지 크라수스 워밍, 가일스의 아들, 테임(용)의 영주이자 백작, 햄의 대공이자 작은 왕국의 왕.' 게오르기우스(조지)는 용을 무찌르고 (적어도 일부 이야기에서는) 길들여 마을로 이끌어 온 성 조지를 연상시키는데, 하지만 그 성인은 농부 가일스와 달리 어떻든 용의 머리를 잘라 버린다. 에드워드 3세는 그를 잉글랜드의 수호성인으로 정했다. 라틴어 Crassus '우둔한, 멍청한'은 현대 영어 crass, 곧 아둔함을 암시한다. 조지는 숫자나 라틴어를 잘 알지 못한다.

194 **예우 경칭** 관례적으로나 예우에 따라 하나 이상의 칭호를 가진 귀족의 장남은 가장 낮은 직위의 칭호를 사용한다. 조지는 프린셉스 데 햄모(햄의 대공)라는 예우 경칭을 받는데, 왕 바로 아래 등급으로 부친의 칭호였다("그는 율리우스 아에기디우스 대공이 되었고", 142쪽 참조).

197 **드라코나리우스 무리**Draconarii**와 함께 진군하려고** 여기서 'Draconarii'는 가일스의 가족보다는 그의 기사들(뱀 경비대,

143쪽)을 가리킨다.

돼지 치는 소년 수오베타우릴리우스, 흔히 수에트로 알려진 소년 말하자면, 그는 가일스 농장의 돼지들을 돌보지만 또한 조지의 허드레 일꾼("수에트로 알려진 소년이 […] 가겠다고 자원한다." 197쪽)이기도 하다. 로마 시대에 수오베타우릴리아suovetaurilia는 정화 의식의 마지막에 제물로 바치는 돼지sus, 양ovis, 황소taurus를 가리켰다. 수에트suet는 요리와 수지를 만드는 데 사용되는 동물 기름이다.

황소얼굴이라고 알려진 […] 옥스헤드(혹은 부케펠루스 3세) 원래의 부케펠루스는 알렉산드로스 대왕의 애마였고, 그의 황소 머리 모양의 낙인(그리스어 bous '황소' + kephale '머리')를 따라 붙인 명칭이다.

카우루스 웨일스어 cawr '거인'을 라틴어화한 것이다. 원고의 여백에 톨킨은 그 거인의 이름을 더 충실하게 카우루스 막시무스 Caurus Maximus, 즉 '큰 거인'이라고 써 넣었다.

농가의 안마당을 가짜로 만들어 아마도 잉글랜드의 왕 리처드 1세의 전설적인 일화를 풍자적으로 모방한 것. 그가 동포들이 알지 못하는 대륙의 어딘가에 포로로 잡혀 있을 때, 어느 이야기에 의하면 그에게 충실한 음유시인 블론델이 성들을 찾아다니며 리처드가 좋아하는 노래를 불렀고, 마침내 왕이 그 노래를 듣고 함께 불러 자기 소재지를 드러냈다고 한다.

198 **그의 몸에 핀을 꼽는다.** 불행히도 이 불충분한 속편의 개요에서 톨킨은 왜 조지와 수에트가 그런 일을 하는지 알려 주지 않았다.

이슬립 옥스퍼드 북쪽으로 11킬로미터 떨어진 마을.

처웰 처웰강은 남쪽으로 옥스퍼드셔를 통과하여 옥스퍼드에서 템스강에 이른다.

옮긴이 소개

이미애

현대 영국 소설 전공으로 서울대학교 영문학과에서 박사 학위를 받았고 동 대학교에서 강사와 연구원으로 활동했다. 조지프 콘래드, 존 파울즈, 제인 오스틴, 카리브 지역의 영어권 작가들에 대한 논문을 썼다. 옮긴 책으로 버지니아 울프의 『자기만의 방』, 『등대로』, 제인 오스틴의 『엠마』, 『설득』, 조지 엘리엇의 『아담 비드』, 『미들마치』, J.R.R. 톨킨의 『호빗』, 『반지의 제왕』, 『위험천만 왕국 이야기』, 『톨킨의 그림들』, 캐서린 맥일웨인의 『J.R.R.톨킨: 가운데땅의 창조자』, 토머스 모어의 서한집 『영원과 하루』, 리처드 앨틱의 『빅토리아 시대의 사람들과 사상』 등이 있다.

햄의 농부 가일스

1판 1쇄 인쇄 2025년 2월 26일
1판 1쇄 발행 2025년 3월 26일

지은이 | J.R.R. 톨킨
옮긴이 | 이미애
펴낸이 | 김영곤
펴낸곳 | (주)북이십일 아르테

책임편집 | 원보람 **문학팀장** | 김지연
교정교열 | 박은경 권구훈 **디자인** | 김단아
해외기획팀 | 최연순 소은선 홍희정
출판마케팅팀 | 남정한 나은경 최명열 한경화 권채영
영업팀 | 변유경 한충희 장철용 강경남 황성진 김도연
제작팀 | 이영민 권경민

출판등록 | 2000년 5월 6일 제406-2003-061호
주소 | (우10881) 경기도 파주시 회동길 201(문발동)
대표전화 | 031-955-2100 **팩스** | 031-955-2151
이메일 | book21@book21.co.kr

ISBN 979-11-7357-005-6 04840
979-11-7357-004-9 (세트)

책값은 뒤표지에 있습니다.